美感探索

黃光男 著

聯經文庫

美感探索

2013年12月初版 定價：新臺幣280元

著者 黃光男
發行人 林載爵

叢書編輯 陳逸達
整體設計 江宜蔚

出版者 聯經出版事業股份有限公司
地址 台北市基隆路一段180號4樓
編輯部地址 台北市基隆路一段180號4樓
叢書主編電話 (02)87876242轉225
台北聯經書房 台北市新生南路三段94號
電話 (02)23620308
台中分公司 台中市北區健行路321號1樓
暨門市電話：(04)22312023&22302425
台中電子信箱 e-mail：linking2@ms42.hinet.net
郵政劃撥帳戶第0100559-3號
郵撥電話 (02)23620308
印刷者 世和印製企業有限公司
總經銷 聯合發行股份有限公司
發行所 新北市新店區寶橋路235巷6弄6號2樓
電話 (02)29178022

行政院新聞局出版事業登記證局版臺業字第0130號

本書如有缺頁，破損，倒裝請寄回台北聯經書房更換。 ISBN 978-957-08-4320-0 (平裝)
聯經網址：www.linkingbooks.com.tw
電子信箱：linking@udngroup.com

國家圖書館出版品預行編目資料

美感探索/黃光男著．初版．臺北市．聯經．2013年12月（民102年）．232面．14.8×21公分
（聯經文庫）

ISBN 978-957-08-4320-0（平裝）

855 102026428

序　全面而深刻的美學探索

漢寶德

光男老弟拿了一本厚厚的書稿來，要我為他寫一篇短序，一千字左右就可以了。這本書若要認真寫序，非三千五千字不可，既然只要短序，就說幾句閒話吧！

我們是忘年交，我虛長他十多歲，可是我們之間卻有一種很難以描寫，又很有意味的「兄弟」關係：既相似又對比。我們都出身於貧窮家庭，只是他是台灣南部人，我是山東人。我們都經歷了一個翻天覆地的童年。只是我所經歷的是中共鬧鬥爭，又把我們趕到台灣的驚險歲月，他則經歷了政府來台初期為鎮壓地方不安所採取的一些令人驚惶的行動。我們都在艱苦中讀了大學，沒想到在若干年後，竟在博物界相會。我做了自然科學博物館的館長，原在我的生涯規劃之外，他則通過考試而成為台北市美術館的館長，也是生命中之偶然。

也許是這個原因吧！我們都成為文化人了。在社會上的活動也走的是同一條路。我們都寫文章，都擔任過國立藝術大學的校長，但是他在活力上確實要高我一籌。如今他寫了厚厚的一本討論美感的書，這不是我近十多年來一直在寫的東西嗎？我們既是難兄難弟，趣味相投，又在同一陣線努力，弄到後來，好像要互別苗頭了。

他告訴我，這本書的第二部分是過去十幾年來陸續寫下的感懷。真的，在我寫美感的那些年，他也在寫，只是我一直在發表與出版，他則寫好放在抽屜裡而已。他的大著的第一部分是近年來的演講稿。大體上說，也是我到處演講，推廣我的美感觀點的時期。為什麼我們的感覺如此聲氣相通，至於完全重疊呢？

當然了，我們在本質上各自發展，互相沒有任何影響，因此立論是完全不同的。他在骨子裡是屬於藝術與文學界人士，隨時隨地就拿筆畫畫，並題以文字。我在骨子裡是設計與建築界人士，想到什麼就先加以理性的分析，盤算著如何用創意完成構思。所以我們雖在大約同一時期寫出對美感的看法，所寫的內容卻各有千秋。

具體的說，我說的美感是立基於科學的，是美感的核心。我立意找到美的共識，然後加以推廣。他所談的美感是藝術的，是美的人生的全面，他的目的是要感動廣大的讀者。說起來都是美，實質上卻全然不是一回事。比較起來，我談的美是單純、易懂的；美，就是好看，有點像小學的算數那麼簡單。他所談的美，其實是美學，是深奧而不易了解的，有點像大學的哲學課一樣難懂。這一點，只要讀他「美感」的那一章就明白了。

我的美是一條線，他的美是一個面，其實有其互補性。美感素養是層層交疊的，我所重視的是基本素養，但在有了基本的美感教養之後，必須能放大美感的效應，使之涵蓋人生的全面。這當然是不容易的，也許需要更高深的學養，但卻是必要的。所以我看到他自美感的經驗談到美的感動與遇合，覺得美的尋求是一生的事業，值得我們仔細的揣摩。

（前國立台南藝術大學校長）

二〇一三年五月

序　美學的理性與感性

陳冲

過去也曾多次為人作序，但以此番挫折感最重。光男兄送來鉅著《美感探索》之初稿，前後翻讀，凜於其學術專業的精深，又感受其文采的馨香與流暢，靈臺為之湛然，其整體的呈現就是美感的具象，深感震撼。

在西方，美學為哲學的一支，英文 Esthetician 是美學家，但在近代也被用以稱呼護膚專家，惟並不表示美學僅限於皮相上視覺的美，而是包含各種「感」、「觀」的感受，其中有理性的認知，也有感性的認識。莎士比亞曾說：「The rose looks fair, but fairer we it deem. For that sweet odour which doth in it live.」，說明美不是浮面的，是深層的，是跨越不同感官的，有視覺，嗅覺，觸覺，聽覺乃至味覺所傳達美好的訊息。因此中華文化對美的詮釋甚廣，除通俗的美女、美容、美食、美酒外，還有美景、美事、美名、美德等較抽象的概念；孔子更說「里仁為美」，已經昇華到人際關係的境界，可說無不可美，無所不美。

老子於道德經中謂：「天下皆知美之為美，斯惡已；皆知善之為善，斯不善已。」該段文字雖係無為理論的基礎，但從後段：「故有無相生，難易相成，長短相形，高下相傾」等文字觀察，也可看出和諧自然即為美，不矯情做作才是美，換言之，能呈現自然，斯為美矣！由此觀之，自然流露的光男兄是當之無愧的 Esthetician，但絕非護膚專家。

（前行政院院長）

序　圓熟的人生體悟

黃碧端

黃光男教授是知名的畫家，又曾主持美術館、博物館和藝術大學，且績效卓著，可說在美感的議題上既有實踐也有歷練。由他來談「美感探索」，從主觀感知到客觀思辨，都有可觀。

不過，光男教授談美學美感已是著作等身，不同角度的論述在前此許多著作中都已有精微的闡發，在這本新著中，我獨愛他的一些觀察，從中可以看見光男教授不斷累積的見地。

譬如說，在輯一「美感探索」第三十四頁上，光男教授談到美的定義多方，有來自直覺，也有來自探索，「所以才有民族性、原住民與『都會人』的性格分別。美感也在知與不知中迴盪。」從這個角度，黃教授進一步闡發，人因為「隱藏」或「不知」邪念，因而「一往情深」，「這種『不知』的幸福，也是美感」，此為其見地之一斑。又如第八十八頁上指出，二十多年前台北市整頓仁愛路林蔭大道地段商家過大的招牌，使台北市容得到新的視覺呈現，得以和巴黎這樣的國際城市並駕齊驅，「成為有品味的『品牌』」。台北未必能僅因一、二條街的商招就躋身為與巴黎相類的國際城市，黃教授出於愛之深的寬容，卻也簡明地點出了城市品味的一個美感關鍵！

此書輯一「美感探索」重知性，輯二「美的遇合」重感性。從感性出發，光男教授在剖析藝術家個性與其表達的關聯時，也就格外顯示出感知的理解——他談到鄭板橋寫竹，歷經幾十年琢磨，才到了「我有胸中十萬竿，一時飛作淋漓墨」的境界；不錯，對板橋來說，是人格的投注完成了「冗繁削盡留清瘦」，是技法的純熟達到了「畫到生時是熟時」！光男兄可謂板橋知音。

光男教授是我論交三十年的老友，在他的這本新作中，我也讀見他冗繁濾過，人生更趨圓熟的美感；老友邀序，我讀之有相知的欣悅，寫此以為賀。

（前文建會主委）

目次

第一部

美感探索

藝術學者對於「美」的詮釋各有主張。不論美是價值的、經驗的、或是心理的說法，事實上，因時空之不同，而有認知層次上的分別。基於如人飲水、冷暖自知的道理，美或美感在人生道路上，每個人或多或少都會懷有幾分情愫與想像。

尤其在美感探索上，是否基於相對的醜陋而起，或是本質上自由式、人為式與概念式情思所依存的人性，美感存在個人的認知與社會意識的感應上。

為了進一步確切了解美感探索的歷程，並且以審美經驗相關的客體條件，將生活現實靈化之過程，作些許陳述與分析，或能協助大眾理解美感意涵與元素。

造型

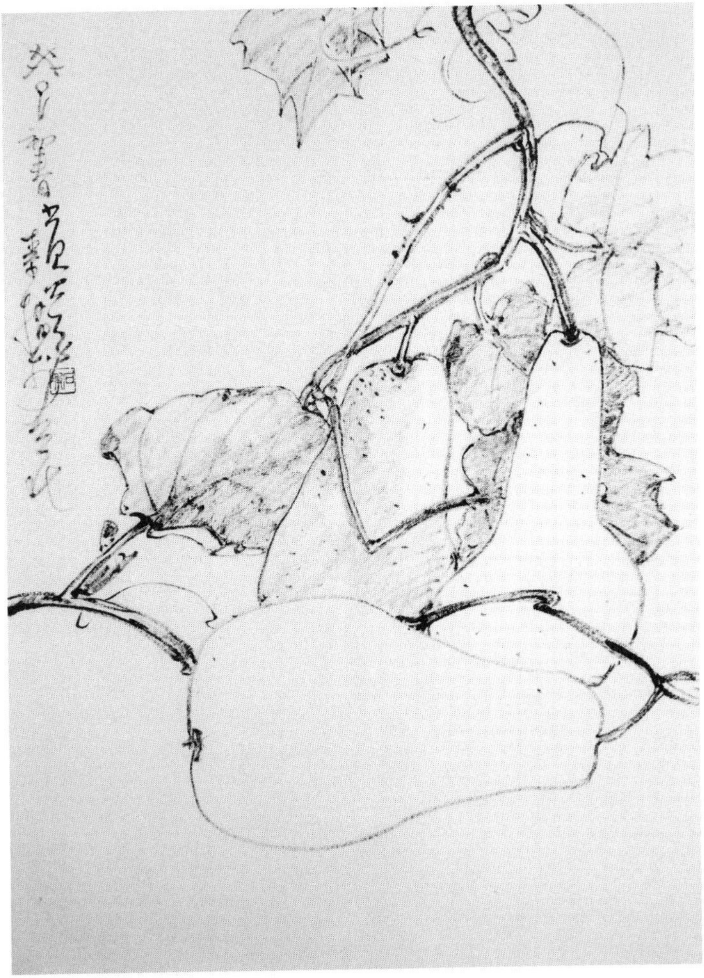

藝術的本質是情思創意，將自然現象的物體靈化為人情的符號，不論是表演藝術、科技藝術或者視覺藝術，皆以造型的美感作為共鳴的客體。

換言之，視覺藝術所涵蓋的範疇既深且廣，譬如前述的表演藝術，乃造型的綜合呈現，無論是她在時空流動中的動態，或者加上科技技術的應用，都以視感為主。有人主張音樂、歌劇或「佈道」之類的藝術類型並不屬於造型美的範圍之內，事實上我們仍可憑藉對於造型符碼的積澱經驗去靈化看不到的物象。

造型隱含美感，在美學原理上，美感可以歸納為精神性的和物質性的，好比「真善」之於美感的形上意涵，從心理要素提昇為物象的寄情。這些情操美、品德美所應合的外在美感，則是本文所欲揭示的定義。

造型一詞可分開為「造」字與「型」字。「造」就是人為製作，人對於物體的改變或應用物象的人情謂之「造」，例如「天圓地方」雖然不盡然是真確，卻是人為的變易與寄寓；或把「造」字擴大為「造化」，更可進一步說明人與自然互濟的關係，例如「造化弄人」。甚至將「造物者」解釋為「天公」或「上帝」，都說明「造」字的人為性格。當然，「造」這個字也有負面的用法，如「造次」、「造反」、「造作」等反義詞的統合說。一言以蔽之，「造」是人為製作而形成的動詞。

為何要「造型」？便得先說明「藝術」乃是「植種」發展「成林」、「成品」的元素，也就是將種子看撫長大的技術。它是藝術之所以成為人類精神寄托的象徵，有時候成就一個藝術家思想、情感、風格的標幟，都源自創作者對於造型的認知與層次的表現。所謂認知層次乃指人為力量與表現是否能使觀賞者達到共感共鳴，也是世間所說遇強則強，遇弱則弱的情境產生，所以才有「橫看成嶺側成峰」的看法，以及大師、宗師等名銜的出現。

共同的美感經驗

造型既是人為的創作，就得看造型藝術表現的外在形式，是否具備藝術創作的美感元素而定。譬如人類生活所需的住宅或城鄉建築，就是一種肉眼可見的造型藝術。在洞穴蝸居的時代，「實用」是第一要務，「美觀」是次要條件。美觀是藝術美感的外在要求，因為依「衣食足而知禮儀」的秩序，先以物質生活為開端，而後達到精神文明的需求。因而，我們說：「造型是物景與意象調和並衍生的形式；亦即藝術品表現之於社會意識凝聚的結果，它是藝術與美感的由來。」

康德主張：「造型藝術，即通過感性的『直觀』表現意象的藝術，它包括通過『感性的真實』來表現的建築和雕刻，以及通過『感性的形象』來表現的繪畫與園林。」他說的是視覺感應的客體，說明造型美在於「有感」的程序。相對來說：直觀是物象體認所傳達共同經驗的材質，具有某一項特別的意涵，才能被大眾所接受。這是「社會意識」所訂定的標準與條件來自集體記憶的反射，亦即知識來自生活經驗或作為經驗的圖象，如文字之於知識學習、或如中國繪畫中梅、蘭、竹、菊的「四君子畫」。這些物象如何成為大眾的意象，源自「約定俗成」之後的直觀與客體條件。諸如菊花有秋風勁節的性格，來自「此花開完便無花」的自然屬性；梅花的天候性格是越冷越開花，成為人性寄情和美感的條件與符號。以此類推，凡是經過人性創意價值安排下的自然景物，例如園林造景、公園疏朗造境等等意象，都具備造形藝術的特質。

自然景色天地生焉，無所謂美與不美，然因人為改造或作為生活環境的適應，開啟了造景、造境的設計時，對於天候之於動植物有更適切的說明或經驗，如人的生理階層，由少年的意氣風發，到老年的耆耋之齡，便有「悲落葉於勁秋，喜柔條於芳春」的感悟。人同此心，心同此理，反覆斟酌之下，於是藝術內容由客觀形式淬鍊昇華為萬物歸一、天地同忘的有機客體。

我們要提出「造型是人性、心靈共鳴與視覺齊一的客體」。在此提「人性」一詞，是說人作為自然物，卻不等同無意識的個體，而是人的集體性情的社會意識，有知有感有表情有判斷的行為，所以他可以保持「自然的屬性」，也有改變自然的理想，使之達成人性的需要。當然他在客觀形式上有一定布局或時空相濟而成的條件。這些條件相對來說，它是審美的、無私的、或有益於大眾視覺感應的物象。好比「賞心悅目」、「雄壯威武」、「氣象森森」等等客體景象，如「春暖花開」、「百萬雄兵」或「漠漠平疇」的擬人化寄情，都來自視覺對象。

自然與人為的關係

此外，物質屬性或人文托思，均在主客觀條件中互補，亦即「外師造化、中得心源」（張璪）的比對[1]。自然美嗎？還是人為美？看來前者是本源（包括人心部分），「人為」是心

1北宋．郭若虛，《圖畫見聞誌．卷五》：唐張璪員外，畫山水松石，名重於世。尤於畫松，特出意象。能手握雙管，一時齊下，一為生枝，一為枯幹，勢凌風雨，氣傲煙霞，分鬱茂之榮柯，對輪囷之老枿，經營兩足，氣韻雙高，此其所以為異也。璪嘗撰〈繪境〉一篇，言畫之要訣。

源（包括知識與情感）的安排與選擇；孰為主、孰為賓，在中國繪畫或其他表演藝術裡，都有明確的位置。這便是造型客觀條件的必然，如書法「凡筆有四勢：筋、肉、骨、氣[2]，完整說明以自然之勢達到創作品評意象」；京劇中以唱腔和身段表達生、旦、淨、丑等角色的視覺藝術，都具有承上啟下，或是一定的姿態與規矩，才能在彼此「共同知識」的範圍內觀賞創作者層次的深淺。即如現代美術或現代舞蹈的創作性，也必須利用共同的「形式」視覺經驗，才能提供藝術價值存在變易中的美感機能。

在「形式」的經驗裡，有些「約定俗成」的習俗。如社群集會的對談、或展演的色彩與空間距離，乃是心理反射的圖景，或作為可分解的外在結構，所組合的點、線、面、色彩與面積，在材質應用上以科技、手工或輔助器材完成內在的希望或理念。好比繪畫、雕刻、建築、工藝、設計等造型，並非是自然成形，而是人的情思力量所完成。這裡所指的「形式」，大致指向技法的應用必須符合創作者才情的抒發，並與觀眾的認知相符，才能達到「有機」技法的應用；其中包括抽象繪畫所倡導的「畫外畫」意，或造型中的技法流動方向與意圖，都在符合視覺心理圓滿、思想活化、情感孤絕的獨特形質之後，才能展開藝術性的呈現。

不論東方人物畫的「曹衣出水」、「吳帶當風」的技法；或者「力透紙背」、「屋漏痕」形容書法筆墨等等表現繪畫藝術的技法應用；還是西方的「調子」、「黃金律」、「色溫」、

「層次」技法表現的基本原理，它必然在自然屬性與人文詮釋中得到作品「美感」的造境，才能使藝術能量達到最高的創作價值。或說明形質表達創作者的獨有才能，其思想與情感附著的色彩與線條，都可能是藝術創造美感的外在形式，達到創作者情思飽和的要求。

人性共鳴在視覺客體中的造型，既是外在形式（通常在物象原理），被提出討論並應用在視覺藝術的創作時，是主觀在客體取材上的結構，是有生命的有機體。

通往靈化的橋樑

藝術起源於勞動、餘閑、衝動、經驗或音律等等不同角色的說法，大都是個人的主張或是注重於特別的部分的解說。本文旨在造型藝術的說明，造型存在於人類生活的需要，其中說明以文字或圖象、語言或節奏的依附時造型就有更為廣泛的解題方法。但人生並非全然隨

2五代．荊浩，《山水訣》（一名《筆法錄》）：凡筆有四勢，謂筋、肉、骨、氣。筆絕而斷謂之筋，起伏成實謂之肉，生死剛正謂之骨，跡畫不敗謂之氣。故知墨太質者失其體，色微者敗正氣，筋死者無肉，跡斷者無筋，苟媚者無骨。

波逐流，也有逆境求生的軌跡反其道而行，在「反者道之動」的思考下，作為造型之所以成為人類所共需的符號，必然還有更大的意涵，亦即造型的有機體，或所涉及的美感層面，應是物體寄託於所組成情思再生的功能上。換言之：「從生存體驗到物之靈化，有一個仲介或橋樑，此即藝術之形式」。

以神靈偶像來說，誰是上帝？誰是天公？或許在虛無漂渺中的靈魂，常常是人類自個兒的精神領域；以時尚的流行生活而言，那些深植人心的影視明星，是否真有其事？還是「粉絲」被催眠術（造勢）所鎮定？事實上，我們在「生存」過程上有很多的不定性，也有很多的神祕性，在不安或未知的環境裡，人如萍蹤，試圖依附波堤時，這些聖靈或偶像就出現了。粉絲的群體意識也顯現在大型聚會中：宗教儀式、政治造勢或音樂表演的千人萬人的吶喊聲充斥於前。

這種從物質的信仰到宗教的儀式或是藝文團體的聚會，它所傳達的意義就是從有形到無形、從想像到具現的社會現象。從物象到意象，再由意象到靈化，是人生精神文明的提昇，也是促發人類智慧再生與應用的原由。保持神靈永在的方式，擴大到宗教信仰，或者成為迷信依據，或者成為人文生活所依托的精神文明。不論屬性如何，他們所共通的一座橋樑就是藝術形式的產生。教堂寺廟、學校、書苑等建築體，展現藝術創作外，更為細微的藝術品呈現，包括繪畫、工藝、設計、雕刻等等的視覺藝術所傳達的信念，成為人類生活史上的精神文明，也是人類所能展現不同智慧、思想、情感的造型藝術。

造型既為人為改造或創造出合乎人性生活的視覺藝術，在此應有「藝術是何事」的思考，或說因為造型過程的衍生美感所依附在藝術品的呈現，是另一個藝術的審美步驟，我們將以「美感」原相再作相關的論述。本節所談的重點在人性認知與對比，並對於形色得有一些提示功能。好比「天下皆知美之為美，斯惡已……」[3]、「五色令人目盲、五音令人耳聾……」的立意，指出沒有絕對的美或一言定天下的美感標準，所以「造型」在美感探索中成為論述的首要對象。

諸如希臘出土的米勒、維納斯雕刻藝術，以及米開朗基羅的大衛像，都被稱為有美感的造型比例，成為古典主義美學表現的範例；或是至今尚存的長城建築、紫禁城皇宮、羅馬西斯汀教堂、巴黎聖母院，或是克里姆林宮的建築，其造景造境姑且先不論它是屬於哪一類的美學主張，是古典或現代的美學原素，均可明確了解它們充滿權威、雄壯、永恆的美感象徵。

3老子，《道德經》：天下皆知美之為美，斯惡已；皆知善之為善，斯不善已。故有無相生，難易相成，長短相形，高下相傾，音聲相和，前後相隨。

以台灣的台北城內、鹿港辜家古厝、台南赤崁樓、左營舊城等等建築體的造型，都可比對出它在時間與空間上具備美感成分。

乃至繪畫藝術，不論東方或西方的畫家們，無論他們所創造的作品是古典寫實，或是浪漫抽象所代表的視覺之美，若不以「造型」風格為優先，又如何談美感所依附的客體條件呢？

造型，是藝術創作的首要視覺符號，可傳達美感原素的載體。

美感

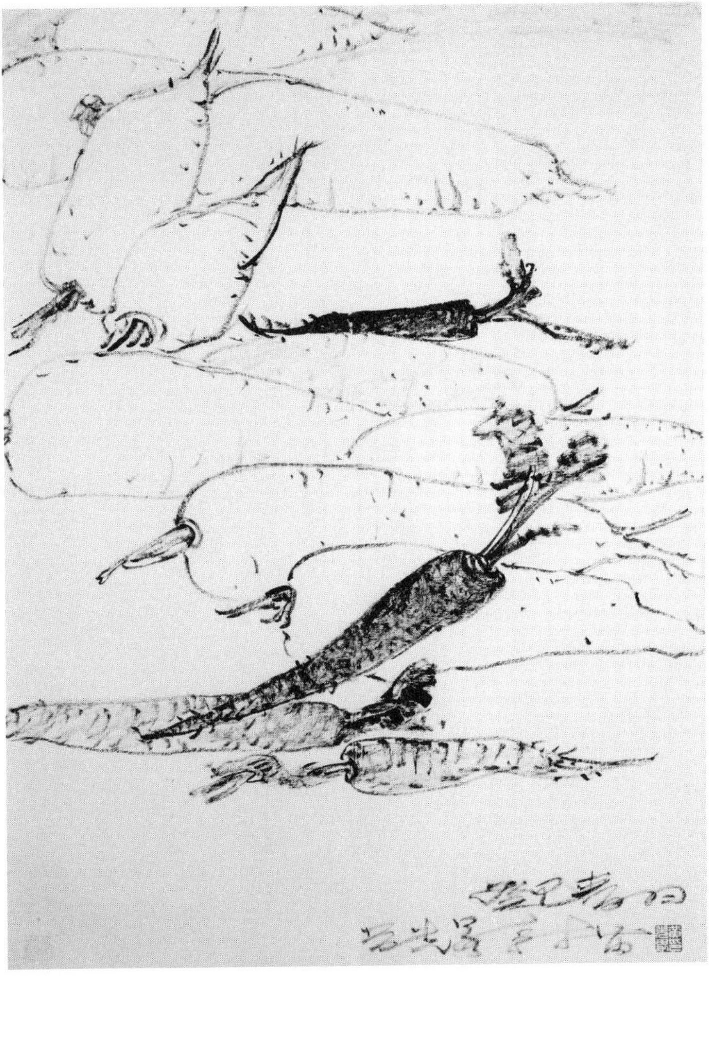

造型之所以存在藝術創作的領域，被應用於視覺藝術範疇，必然有它佇立不移的原理與根源，其原因來自於「人的意識」可作為傳達情思的內在需要。好比水之柔弱與堅硬，在於人的使用經驗與人性類比的形象認知；「上善若水」的無往不在之微觀，以及「水能載舟也能覆舟」的質性變化，都是在生活中所體驗的知識與應用。

在未以較具體實證之前，為何有造型的論述，或說它的藝術創作因素都以造型為題目，是否因為「造型」的製作有它客體形式存在的思考，其中，「美感」的挹注，在造型藝術中的涵義，似乎就是當下討論不輟的「思潮」應用，或者說「美感」就是知識，情感與象徵的指涉與對象，才能成就「造型美」的發展。

那麼，本節簡述何謂「美」？何謂「美感」？似乎很難具體舉證，卻有一些不得不說的人性取向，以及深藏內在情思的需要。試陳如下。

「美」在東方來說，不論是「善就是美」如孔孟學理中所謂「里仁為美」、「充實之為美」，或「上下、左右、高低、遠近皆無害焉，謂之為美也」（國語），甚至老莊所提倡的「自然為美」、「至真則美」歸納的說法，至少提供了宇宙間持「中」為道、為善的事實。易經：「一陰一陽之謂道，繼之者善也，成之者性也」的說法[4]，已然在東方美學中有一個自然天生的「化境」；或者有宗教說與人為「善」的本質，好比心經中的「真實不虛」，都在說明

「善與美」的融入藝術形式中的機能。

按照西方哲學的說法，從希臘三哲中可以理解「價值」、「形而上」與「經驗」的重要，尤其涉及到的德性「善就是美」的詮釋，以及精神性導引的力量，尤其經過長久人生體驗，反覆思考自然與社會，社會與生活的反覆思考，人的價值是喜劇還是悲傷才能闡發人性的真實時，善惡之辨、美醜之別則不是情緒的絞絆，也難以整理出一式全然的定論。美、美感、美學在不同的時空中有令人不能全然了解的極限。若是美有標準，只能在「相對」間選擇適合的說法與實施的方向。因為美感除了視覺對象外，心理與精神要素亦在其中醞釀出藝術創作元素，而不僅僅是心理學、形上學中有社會價值的思考或哲思。

當然，「美感」衍生而起的「美學」則在哲學體系中有更為嚴肅的學理探討，美學的形而上學結合思想體系，而美感則在於美學所構成的現象中所呈現的事實。茲以下列主題論及美感要義。

4《周易．繫辭上》：一陰一陽之謂道，繼之者善也，成之者性也。仁者見之謂之仁，知者見之謂之知。百姓日用而不知，故君子之道鮮矣。顯諸仁，藏諸用，鼓萬物而不與聖人同憂，盛德大業至矣哉。富有之謂大業，日新之謂盛德。生生之謂易，成象之謂乾，效法之為坤，極數知來之謂占，通變之謂事，陰陽不測之謂神。

知與不知

主觀存在的美感，是項精神價值的認定，其中「知」是美的開始。換言之，是價值之於人性的需要與建立。一般人對「名望」頭銜有一份價值性的嚮往，「名望」在於他為社會服務、貢獻，開創與希望的過程。過程中的「小為」到「大為」都使自己所有期待與選擇，能夠符合社會所重視的成就，包括榮譽、才能、富有、健康等等積極性作為，有了努力追求的成績便能面對被讚美而產生的快樂或安全適性的生活，它引發興奮的情緒反應，美感自然出現。

美感來自這些社會「價值」的取捨與應用。每當獲得「新知」，或解開不明的困境，便覺得心緒開朗，希望無窮，這種情境便是一種豁然、光明的美感。與之相似的安全、幸福、和善、民主等理想，都是來自心理滿足的愉悅，這些感應就是美感。好比一則啟發人生際遇的故事，在人生勤奮過程之後得到救贖的感受，這樣的內容正具備美感的原素。

心理情緒來自社會與物件對象的融合與解析，亦即物象靈化過程中的取捨，可以順應自然亦可改造自然的心理因素，會有「改造」為理想的期待。好比「柳暗花明又一村」的隱晦與光亮時，才明白「曲徑通幽」這般生活中解除情傷後的舒展，這類有緊張、有鬆懈的變化是美感，也是經驗。或如蠻荒探險、征服山岳、歷盡滄桑、絕處逢生、苦學成功的故事，在人同此心、心同此理的共識下，這份解脫或擁有，便是「知而及」的覺醒，也是美感。

「美的定義多方，如直覺、價值、精神、物象都有美感的客觀事實」，那麼，寄於客觀條件應屬於意象的類比或象徵，重點在於物象所衍生的意象是主觀認知的行為。例如有人以科學方法探討人類社會意識的由來，事實上，在生活上與他人互動中的學習與習慣，便成為認定物象是否得到社會共識的結果，所以才有民族性、原住民與「都會人」的性格分別。美感也在知與不知中迴盪，發現新事物的喜悅，是「知」的功能；隱藏或原本未知的邪念而一往情深，也是一種「不知」的幸福，它也是美感。

主觀與客體

美感可以全憑主觀認知？還是應有客體形式的存在？答案都是肯定的。前述造型依存在心智、情思的創作，已明白指出客體形式受到主觀意象的影響，可以「指鹿為馬」，可以「指桑罵槐」，但鹿、馬、桑、槐都是「物象」，必有「意象」的形式，才能被「指」定為物象的連結，方可抒發「喜好」的情緒。例如何者為大？是一枝筆還是一枝球棒？儘管球棒在體積上通常比一隻寫字筆「大」，若拿去和一間房屋比較時，它顯然是「小」了，因為大小之斗量是比較中的「對比」形式，所以才有「大方無隅、大器晚成」的哲思。

餘此類推：「漸層」之美感乃是由小到大，由近而遠的秩序前進，或反向消散的後退，才有「步步高升」或「漸入佳境」的描述；又如排隊或整理物件時，不論單一存在或是集體依附在一個範圍的現象，雖然不一定是合乎實用的目的，但在這種「亂中有序」或「數大為美」的統一形式，好比集合場，或陳物間中的場景，常常是統一印象中的必然。以台灣街巷廣告牌為例，到處林立著五顏六色，卻成為頗具「特色」的商店象徵，這是協調呢？還是平衡的形式？當然平衡之形式在色彩冷暖色塊與面積、在點、線、面分佈的複雜與輕重。至於對稱如臉龐之左右耳朵、雙眼之正常長相的自然律，應用在繪畫或造型的形式機能，都傳達一份客觀條件，作為美感中的共相。共相中受到社會意識的制約，或視覺習慣與經驗，美的形式，受到具體認同與評比，其結果成為美感意象的外在形式。

還有很多自然物件與人為造境交互的美感認知，與應運時的各項符號，不論是自然物象，或是造型意象互為表裡，就人性可感的部分，它是「以形式作為美感基礎時，不論是比例、漸層、對稱、協調、統一等形式，在人性主觀認知與符號表達作為陳述生命意義的象徵」，是美感存在的原由。

共相與真實

美感的視覺條件，必須是「真實」的內容。美是主觀意識依附客觀物件的展現，雖然，不見得都被認定有標準的形式，但是「共相」不是一己之見，或是唯我獨尊，儘管個性表達是藝術創作的要件，卻不能失去賴以生存時代與環境的特性與特徵，這項道理中西美學家早有定論。

不論是直覺或理想、理性與分析中的自然物或造型意象，在美感層面來說，應有幾項要素作為現象的真實、與實象的內容。現象是自然界中的眾相，包括人我、他物的組合與共同需求。好比人要有營養，從動植物攝取養分，動植物的繁殖則要有環境、陽光、空氣、水的綜合作用。人類明白這種需求是「生物」的共相，或者說是生命成長的現象；實象亦可推向實相說，換言之它是心理對於周遭環境的選擇與取捨之後，依心理需要而留存的真實。此說雖然有些宗教意味，但人性的信仰不論是學理或神學，實象的內容，往往存在心靈共相的價值觀，也就是人性共有的智慧在生存價值判別真實意義。

舉例來說，古時流傳下來的廳堂對聯：「三多以外有三多，多德多才多覺悟；四美之先標四美，美名美壽美兒孫」，撰寫這樣的文字內容，除了自娛之外，事實上是人生反思與修習，如「多覺悟」充滿自勉，美名長壽則是心存希望。只要是有人生歷練與過往，它不只是真實的心聲，也是人生寄望，美感焉有不存在的道理？餘此類推，「水清魚讀月，山靜鳥談風」是否也充滿隱喻禪機之美呢？

美感源於心緒轉換實象依存之現象，或現象分佈在物象的實相上，有些借之神學中的神祕思想，譬如把人生比喻為「五行」運作，連中國傳統醫學理念亦著眼在自然現象中的循環作用，如此推知宗教的靈修亦有藉由心物合一而求得信仰的道理。有一佛寺山門對聯：「從方便門入如來室，依大乘法度有緣人」，靈修心法結合文學況味，令人回味甘美。

「真實」是現象與實相反覆映現的結果，也是人性提昇精神領域的反芻，不論是否可以如攝影機似照實紀錄，或是以動機、行為辨別「真假」，真實是美感形式與內容中不可或缺的要素，也是藝術創作的根源。喜劇固然皆大歡喜，而悲劇的演出，儘管看完表演淚流滿腮，卻可能洗盡人生虛假。美感是心靈反射的「覺醒」，同時也是人類價值判斷的模式，無論是什麼主題的表演、展覽，就藝術欣賞與創作而言，真實情感、真實內容、真實創作，是美感表達最明確的要素。

「美感是知的範疇與情的融入，先有感覺才有知覺，有知覺才有理念」。「知」是人類文明的先決條件，不知不覺的人大致說來無法明辨真實是非，又如何能融入人「情」的美感照應，遑論美學理念與思想的情境營造。

美感是人性自覺，也是人性共感的啟發紐機，如水之純淨，如光之亮點，它給予大自然的是無限的均衡，交由人生體驗的眾相而得到心靈滿足。

美感是否是一項經驗或表現？答案當然是肯定的。基本上，審美活動源於人性抒發，是一系列的價值判別與作為，包括美感之於藝術品的創作，因為藝術是傳達美感最具體的表現，包括視覺藝術和表演藝術。其中傳達「肯定的情感，如宗教的愛，在文字形式、在圖畫、雕刻表現出來；庶民的情感，在文字裡記載人們生活的美術與音樂」[5]。美感來自審美的活動與價值判斷，也來自情智的覺醒（學習過程），以及社會行為的調適。

那麼！聽一曲聖誕歌；讚美神的恩典，賜予生命的樂章；或是感應貝多芬命運交響曲之旋律後的情緒波動，是種詩情？還是傳唱之美？無以名之的肯定衍生的情感，即是美感！

再者是升斗小民，日出而作、日落而息，山歌唱和、植樹種田，構成美麗田園之樂，「野曠天低樹，江清月近人」的生活餘興[6]，是庶民情感抒發的美感！

5 列夫．尼可拉葉維奇．托爾斯泰（Lev Nikolayevich Tolstoy, 1828-1910），《藝術論》。

6 唐．孟浩然，〈宿建德江〉：移舟泊煙渚，日暮客愁新；野曠天低樹，江清月近人。

無事望空，「眇眇乎春山，澹冶而欲笑；翔翔乎空絲，綽約而自飛」的心緒[7]，何能不美！

7明．陸紹珩，《醉古堂劍掃．集景》。

美的形態

美的定義多方，是價值、完善、是真、是一項生活（經驗），或者說它是一種精神狀態抒發的內容，一個故事陳述的感動，包括時空因素所影響的思考方式。

本文要說明的不在於哲學的嚴肅思考，而是現實生活的心智感應。因此前述淺見作為引子時，造型與美感的相對關係中，美的形態應該有下列幾種式樣。以現實美中的「自然美」和「社會美」作例，再加上「藝術美」的解析，或許可以釐清一部分有關美感之於藝術的功能，對藝術創作的動力將有些功用。

客觀存在—自然美

自然美的說法，是以客觀自然界物象的現實性作為第一類接觸。換言之，自然界的生物或礦物所形成的自然景觀，包括人與動物的生存環境，都構成「自然美」的要素。但這項自然物就是「美」嗎？則是一項不定詞句；美不美究竟誰說了算？又是一個值得深思的問題。自然美在概念上被說成「自然就是美」的口語，事實上較接近廣告詞。自然界的美感或美的形式包括日月星辰、山川草原、大河細水、鳥獸魚蟲等等所分佈的生態姿容，只是自然存在的客體，並沒有特別的美感陳述意涵。然在存在的客體上所顯現的比例、對稱或均衡，或是色彩分佈，大致是物理現象與生存的保護色，它本身是維持物象與物理相稱存在的人性所能感應之範疇中。

自然之所以美，必定是「人性」融於自然物的結果，也就是「美者人之性」也。相對於美醜的分野，則是人性對物象喜惡的結果。所以自然美必須經過人為美的考驗與認同，才能說哪一項自然是美，而哪一項是不美的、或者醜惡的。高山美不美？若人寄情於山，山便有如仁者之氣勢，有巍峨削岩容量，所以「仁者樂山」；水潺潺波動，迴旋自光的柔順，有如智者思維，所以「智者樂水」。這些山水已不是山或水，而是人性抒發的寄情。

人性投射於自然形體，便有很多「擬人化」的想像，或作為隱喻的對象。不過，無論它是屬於自然生態，或是經過改造的自然物象，若沒有實質的內容展現，它仍然屬於自然物體而不具備美的形式。換言之，園林之所以美，是人性所賦予的美感因素，其中包括視覺感應的點、線、面與色相分佈和意義。例如乾隆皇帝下江南，欣賞南國風光時，在蘇州行宮撰寫：「南園鶯花多勝賞，吳中山水稱清吟」對聯，「鶯花」、「山水」是視覺對象，「情」則在他代為詮釋的語句，因此山水有聲，花鳥怡情！

自然景物是物理自在，也是自然美在人性中被應用的材質。例如在山水畫中的林木或山巒，畫家必須「讀」清楚樹有向光、向水、向上性的姿態，觀察到山有主峰側嶺之別，或嵐煙飄浮在山坳，積雲半空結魚鱗的自然現象。自然美的說詞更要在它的分佈形勢揣摩共相。

善的嚮往──社會美

社會美屬於現實事務美的範圍，前述的自然美也常涵蓋在社會美的範疇內。因為自然物象是靜謐的自然物象，之所以被列為五嶽三川，或是沙漠揚灰，或有「登山則情滿於山，入海則情溢於海」的遠處渺渺[8]，近處浪高，除了視覺現場的景象外，人性融入心思才能造就藝術創作的源頭，這類創作的美感鑲嵌，便是社會美的陳述重點。

社會是人群組成的團體，而社會性是一項共同理解或遵守的規則，其共通的情思是知識、也是情感，它們結合而成的氛圍就是社會意識。社會意識能主導社會價值，共同信仰一種必須奉行的規範，社會美就在這種氛圍中進行，其中可以推演成「人」的活動或創造新的作品。例如人們信仰神靈便成為宗教藝術的美學，也是作為引導人心向善的主張或儀式，這個儀式在宗教上或集會裡便一定條件作為美感的主軸，因此「以善為美」的主張，就是社會美，也可說是道德美。例如儒家的「己所不欲，勿施於人」或「上善若水」的聯想指涉，把社會的善良歸為美感的功能。

社會美更甚於自然美的主張，乃是兩者的重點以「人」為本時，社會美的主體幾乎完全出於「人」的詮釋。人有知識、有情感、有思想、有創作等等靈智結合體，所以「人」在社會美中的角色一是人體美與心靈美。人體美在中國陰陽學內推為自然中的五行十脈，如氣候、如風息、如日夜等所感應的自然物，包括生老病死的自然法則，成為成年之真、老人之慧，就分別有人體能悟山川萬物，風雲交織，它有姿容、態度；有喜怒、愛惡；有情智、理想，從生理的需要，到色性的本能，均是美感的生理要求，這時候便是「情人眼裡出西施」的強烈態度造成人性的創作美感的開端。之後有「蒼松翠竹真佳客，明月清風是故人」（唐寅）的清空，從生理需要到心靈寄託，就是社會美的演化。

人體之美是自然物象自生自存，是社會意識滋生的活動原相，是可知可感的現實。它必須是健康的、尋常的共相，也是人生賴以生生不息的原動力。

有健康完整的人體美之外，必須要有「與人為善」的心靈美。換言之，自然萬象，均在大地滋養性靈，而人類之心靈才是美感的基礎。其中包括知識、思想、才情、道德所具備的條件。事實上中國藝術精神的文人畫美學主張，就在這四個條件訂定原則。或許也提供中國

8 南朝・梁・劉勰，《文心雕龍・神思》。

藝術中部分的美學主張。

心靈是一個人內心情思與品德涵養，它不一定是善的全部，卻直指品德與情操的要求是心靈美的條件。如此而言，心靈美則在社會美中占極主要的部分，其要旨在典範美與宗教美的具體事件呈現。

典範是社會行為共同約束與遵守的模式，本質上具有「善良」行為的衍生意。大體而言，凡對社會風氣有提昇或改善的行為，或是足為他人所效法的社會服務，都在這個範疇內。例如為公益而奔走的孫越先生，奉獻己力的陳樹菊女士等，我們感佩他們的公益服務，內化為美感的過程，或者成為崇拜的對象，若有人對於這種善行的崇拜化為聖靈偶像，便具備了神性的信仰情操，轉而信仰宗教神靈的宗教美，它所提供社會美實踐的張力，成就宗教藝術與宗教美的事實的圖像。如在教堂畫聖經故事，在佛堂創作釋加佛的行道圖，在宗廟畫忠臣或義士的圖繪，以其善行渡化眾生的故事，是社會的典範，是宗教美的開端，也是社會美感的事實。

台灣社會普遍呈現一股和善、自由、安全的環境，真實以社會美作為主軸的公益團體就有萬來個組織，而宗教中作為教化廟堂亦有上萬個單位。在眾生平等，萬象更新的美感提倡下，社會美所抒發的心靈之美，導引台灣社會和諧的完善。

淬鍊創作——藝術美

前述美感之形態，已簡要說明自然美與社會美的關係，現在加上了藝術美的陳述，應當是自然界與人為意念最為重要的課題。

首先要先了解什麼是藝術，據《說文解字》的看法，凡能把物種延生與發展的技術，就是藝術。引申為創作新物象為意象的圖徵或表演感動人情故事，便是藝術。托爾斯泰說：「藝術是因兩性情感和遊戲而發生於肉體的一種行為，這是生理進化的定義；藝術是藉著線條、顏色、舉動、聲音、語言而受情緒的自外表現，這是經驗的定義[9]。」，這段話說明藝術造境來自生理現實與現實應用於生活需要的動機，也是「人」是社會組合有益自己生存環境的一項技能。

藝術美絕對是自然物象被靈化所產生的能量，換言之藝術美的產生不只是約定俗成，或創立新象，以及更為誇張、強調、突顯物象為意象，傳達一份美感於他人的著作，包括表演、美術、建築、工藝品製作。其中所涉及的視覺心理、風俗習慣都是藝術工作者必須研習的課

9 列夫・尼可拉葉維奇・托爾斯泰，《藝術論》。

題。好比台灣迎神賽會營造的熱鬧場面，除了有很多的禁忌之外，「神」是主角，「人」是信徒，如何使用色彩與造型去配合儀式進行，不僅是當下設計人員基本涵養美感要素的掌握，如果不小心把已被習慣的黃灰色配合墨字作為燈會的夥伴燈，相信人們的反應會驚奇不已；相反的事例，如果有人在告別式上著金穿紅，那也是不適當的舉動。

藝術美是人為美，藝術美本質是創作，兼具社會性與自然物的結合，「一是藝術家借助特定的物質媒介才能進行創作；二是藝術家進行創作，必須使人感知、了解，從而產生共鳴」，這兩項原則，是藝術創作的先決條件，同時也是美感源自觀念、信仰，以及無私愉悅的事件產生。

「愉悅」就是藝術美嗎？或是愉悅存在各種客體物象的形質上？我們生活之中感受到的喜歡、接受，甚至改變它創立一種新的形式，包括表演藝術的進行，都會有愉悅的選擇，在判斷喜惡之間得到情思的滿足，這就是藝術美塑造的過程。

「物象」是自然體，「意象」是人為體，自然與人為的結合產生的藝術美，被稱為「高級美」。黑格爾「藝術美高於自然」的說法，就是藝術創作，以自然的客體作為生活現實中人性依附的對象，涵蓋生活的物質需要與精神的情思寄寓，從單一物象到整體的生活環境都被賦予新的意象，歸化為靈性的指標。其中得到社會共知共感的對象或符號，來自人類「情思的經驗」，從生活情感到生命意義的不斷反思，實踐、擷取、取其精華而成的傳承信念，這項感知就是「文學」藝術美的主體。

因此，文學是藝術創造的母體藝術，包括視覺藝術的繪畫、雕塑、建築或設計等等的創作；以及表演藝術中喜怒哀樂的角色演出，在反映現實、改造現實、創造現實思維所形成的寫實、誇張、強調的作品風格。如此說來文學就是藝術美的靈魂，也是傳統藝術之歷史、文化的內在養分，更是當代藝術表現的依據。因為文學包含哲學、歷史、經典、民族、風尚的記憶與經驗，匯成為現代藝術的時尚辨識，同時具備未來性藝術創作的引子。文學性的藝術美更大於自然美與社會美的張力。

藝術美是人性可以開展的情思領域，因此必有其文化特質的詮釋，或是心理因素所引發的種種抒發行為。好比藝術美之中的「意」與「象」，古人的「得意忘象」，或「遵四時以嘆逝，瞻萬物而思紛，悲落葉於勁秋，嘉柔條於芳春……觀古今於須臾，撫四海於一瞬」的讚頌[10]，是藉物象抒懷，意象飛揚，所以有「萬物靜觀皆自得，四時佳興與人同」作為心情

10西晉．陸機，《文賦》。

感懷與人共感[11]。

藝術美來自生物造型之聯想或寄情，這個「造型」一則自然合乎人的視覺習慣，再則透過視覺發展美感要素，它仍然是經驗與改造而成，所以不論是繪畫創作或文學寫作，物我相繫在「有我」與「無我」的情境中，以「物觀物」的藝術眼光是不著痕跡的感應，如風景畫大山流水，巨石林木等自成境界；以「我觀物」的情況，則直指創作中的個性、或心思傾向。

當然在「獨自」與「人我」之間的精神狀態可以留存「人性」的通則，便是藝術創作的客體條件，也是可知的主觀意念。這項主觀意念賦予藝術創作的客體，就是達到藝術完成創作的要素，它是文學為本的美感內涵。在此試舉幾項名詞說明藝術美中的人文條件與藝術美呈現的動能，或可明確人生際遇中價值動向。

· 崇高與悲情

崇高與悲情是相對的心理狀態。一個人的人格或品行被奉為崇高心理要素，乃是因為他具有與眾不同的理念與經歷，終其一生為一項信念或堅持所規範的行誼，成為他安身之命的準則，應有「形在江海之上，心存魏闕之下」的「思理為妙，神與物游」的結合[12]，並且在「有才知多少，將與風雲而並驅矣」的寄寓情思。

看楚漢爭、誦正氣歌、吟《楚辭》、讀《詩經》，還有更多歷史人物的志節，如五嶽當前、三江急流的氣概，既是歷史事實又寄「大江東去」的現實，如何「養天地正氣」或是「法古今完人」的情節，都有一種精神亢奮狀態。亢奮指的是緊張、期盼、探究的過程。以登百岳為征服高山的氣概，在經年、數年的實踐所立下的宏願未達成前，焦慮、安全、危機充斥眼前。但能半途而廢嗎？人生不就是一連串的冒險與征服的過程？若能順利登峰造極，必定有兩樣心情，一個是登高山自遠的「崇高」心情，另一個是辛苦後的抒解心緒，有種放鬆閑靜的喜悅。

崇高是美感中的精神與心理滿足的現實。對自然產生信服，造物者即是上帝、天神或天公，祂賜給自然的條件是人生所依賴的對象，「自然界的崇高，以量的巨大和力的強大，顯現出人的感官難以掌握的無限大特性」，這種給人的「壓力」是人類視覺心理的感應，人性

11北宋．程顥，〈秋日偶成〉：閒來無事不從容，睡覺東窗日已紅；萬物靜觀皆自得，四時佳興與人同。道通天地有形外，思入風雲變態中；富貴不淫貧賤樂，男兒到此是豪雄。

12南朝．梁．劉勰，《文心雕龍．神思》。

在諸多自然界物體的環境下，能解決所遇到的困難時，除了個人的情思外，結合更多同伴為社群需要所凝聚的構思時，「征服」、「解放」、「鬆散」的心情，是美感存在的心理要素。

崇高之美源於自然體所提供的現實，包括英雄、偉大、英勇、豪情等等情緒反應的文質提示，正所謂的「吐虹霓之氣者，貴挾風霜之色；依日月之光者，毋懷雨露之私」的堅持與對應[13]。

與崇高相對的是「悲情」，也可說因崇高隱含悲壯的反義詞，這項情境不論是現實生活或文學的闡演，大都是在環境惡劣中才能造就偉大的詩篇。中國歷史上的「孔雀東南飛」、「屈原與汨羅江」等等是歷史故事，內容都呈現悲情的描述，才能感動閱讀或體應者，從「緹縈救父、木蘭從軍、八百壯士」等等史實，告訴我們的就是一種風霜侵擾，不失蘭質之姿的反差效果。

「悲情」是社會規範或自然物象受到摧殘或腐蝕時，還能保持一份微弱的生機，甚至重整生存條件再行勃然而起、再造新生命的堅韌力量。好比大地震後移山倒海的自然物體，經過時間修葺，幾年後萬林千禽繁育成長；或人類常遇到的困境如戰爭、疾病或生命在旦夕時，仍然守信互助、合作、增強團結的力量，使社會充滿希望的感受，例如坊間時常見諸媒體的弱勢團體，常遭「屋漏偏逢連夜雨」的情狀，被感動者往往會伸出援手以救急救難，或表彰社會某一項苦難救助者的善行，都會激發「人性」善良的感動。

社會事件引發故事的傳述，可能成為人類共通的悲憫情懷。歷史故事的陳世美、林投姐的家庭悲劇，或作為社會正義的包公辦案，在一片人同此心，心同此理的互動之下，「悲情」成就「藝術美」傳達的情感，更甚於「正常」規矩事務的發展。當觀賞者或評析者面對「藝術品」，淚流滿面、聲淚俱下的情緒共鳴，這種悲情是情感再次洗練，而人性再度復活的機會，也是藝術令人性再生的創作，這種「反者道之動」的力量，所產生的藝術創意，是藝術美發展的重要動力。

悲情的抒發，是嚴肅的也是省思的過程，由美感的濃度關乎在對比的強弱程度而定。人之所以偉大，大致來自「天將降大任於斯人也，必先苦其心志」的環境反差[14]，因為人的智商不相上下，當知識取得平衡時，就得看「天道酬勤」的苦心。這項勞其筋骨的勤勞，或抗拒貧困侵襲而能成其大事者，便成為大事業家、文豪或畫家。王安石、范仲淹是如此苦讀勤

13明．陸紹珩，《醉古堂劍掃．集豪》。

14戰國．孟子，《孟子．告子》：故天將降大任於斯人也，必先苦其心志，勞其筋骨，餓其體膚，空乏其身，行拂亂其所為，所以動心忍性，曾益其所不能。

體，韓愈、蘇東坡的文采也是辛苦修習而得，或是民國以來的畫家，如張大千敦煌臨畫……這些實例都是在奮勵涵養、並及所產生崇高壯烈的藝術造詣。這個和大家朗朗上口的「國無外患者國恒亡」的道理是相仿的。若有「置於死地而後生」的情境發生，更可證明悲苦情懷所產生的力量正是崇高氣節的序曲，堅忍而悠遠、神清則氣爽。

藝術創作，包括所有的視覺藝術作品能感動觀賞者的內容，大致上都因為悲情入性，才能反映出藝術張力。對於弱勢或悲苦的描述，較容易喚起同情心、同理心的人性甦醒。不論是「十載寒窗無人問」的現實，或成為「一舉成名天下知」的紓放，寒燈夜雨，飢寒求生悲苦情況發生於前，是個難以形容的人間情感重大反差，這種浴火重生的情景，悲情襯托的崇高，豈不是藝術美感的高亢火焰？

電影改自小說的「秋霜寸草心」、「星星知我心」等等劇情，大都敘述家庭悲情發生後再次發現人性至情至性的真實，藝術張力在觀賞者同理心中發揮力量，遠超過喜劇的熱鬧。

・優美與喜劇

前述關於崇高與悲情是項相對的矛盾作用，至於優美與喜劇的藝術審美經驗，是較接近

「和諧與遊戲」的意味。以藝術創作來說，不論是表演或視覺藝術應用「矛盾」、「對應」、「反差」的美感體驗是強烈且作為主導人性機能的原動力。本小節所談的主題—優美，其意涵應該是社會的陽光面，均是屬於自然現象或社會意識的延伸，都朝向陽光所及的環境，或行善心緒的主導力量。換言之，對於美感的程度是肯定早已受到重視或理所當然已呈現的客體，包括心智與情感的統一。自身應在實踐意象中，應用「直接」、「單純」的形式或意念來面對在意象之內的複雜物象，使之簡單明確可以一目瞭然的自然表現。將現實與理想，真與善等充滿人生喜悅的圖像呈現。

若以晝夜之於自然界的景觀中，「春山艷冶如笑，夏山蒼翠如滴，秋山明淨如妝，冬山慘淡如睡」的季節[15]，是白晝四季變化，作為人性共感的部分；而「夜靜似水，月陰入窗」的星空、南十、北斗等等景象都會在視覺感應造境，亦即為優美情境的產生。反之暴風雨帶來土石流，屋漏偏逢連夜雨的衝擊，就不是可以顯現優美的事件。

優美，有統一、和諧的主客條件是藝術創作，必然要修習的基本功夫。以美術品創作的過程為例；水墨畫中的山水畫，並非寫實的自然複製，而是被模式化的材質選擇，包括技法

15 明．陸紹珩，《醉古堂劍掃．集景》。

的應用，都在「理想」的造景中造境。若以宋代理學的「心即性，性即理」的美學觀，宋代的花鳥畫，亦如山水畫的美學呈現，亦即是「理想即優美」的觀點創作。至於元明、清時代的文人畫格或寫意畫的藝術，更直接寄情在「優美」的範疇裡。

西洋繪畫亦是如此，儘管有抽象主義或現代主義等不同形式的藝術品，它的終極目的，亦如前述理念在引導觀賞心向善、向積極面的心思。尤其攝影作品，更能表達優美的現實。除了攝影家面對欲攝取的對象，已經有美感定見的對象外，若是人物攝影，影中人的姿容、角色、高低、遠近、光線、布景等等安置，早有擺「破司」的動作。這些姿勢或相關客體條件都朝向「好看」、「特效」、「自然」、「真實」的方向進行。

藝術創作對於優美的詮釋是一般社會人性的共識，包括居家陳設、或環境整潔都是人們可知可感的事物，也是藝術工作者之所以比常人更敏感的修習主軸。彰顯物象的精彩處、集中生活舒適的形態，包括線條與色彩、造型與實用的選材，便能達到人性共知共感的目標。這個圖象就是「煙霞潤色、荃夷結芳」優美的呈現[16]。

積極面、正面的人生，如水之於生命，看似平淡無奇，卻是生理最重要的基本需求元素，此「水」即是優美。水固然可以泡茶、咖啡，亦可以製造多元性的飲料所添加的糖分或香氣等物料，但水的變易卻有更多更大的用途。若水是美，那水所激發的浪花就是藝術中的圖像訂定，也是「添加物」需要的本能。

再說談及「遊戲」的美感，亦是喜劇性格的啟發。遊戲有藝術起源學理，亦是人生詼諧中呈現的藝術，大至戲劇的表演，小至談話中的「笑話」，有人以「滑稽」作為學理的根據。

藝術即為遊戲，那麼遊戲衍生喜劇表演，喜劇中的人、事、物都有一種滑稽的性格，其中分類為喜鬧、揶揄、打諢、冷言熱嘲、諧謔與幽默，這些分項分體的表演，事實上有一種諧而不謔，鬧而不亂，笑而不俗的涵養。因為是借物言情、借古諷今，或指桑罵槐的隱喻，以及「似非而是」的反諷丑角，常是一齣戲的主軸。

當正面闡述一件事，或作為經典的人生經歷成就，往往被視為理所當然，並沒有較大的美感張力，一旦這個人不是順境環境成功，而是庶民小販的角色卻有很大的愛心、耐心，把辛苦化為力量，把誠心救贖他人，包括金錢與心態，儘管他與大企業一擲千金相比真是鳳毛麟角，可是社會大眾認同這樣雪中送炭、人飢己飢的人道精神。坊間備受讚許的陳樹菊女史雖著重她的愛心與善行，但能辛勤工作保持永續布施的能量，才是令人感佩的原由。

社會之所以表彰一個盡心盡力協助比她更辛苦生活的人，其中隱藏社會正義的意義，是

16 南朝．齊．謝朓，〈擬風賦〉。

在一種人性互動的戲碼？是優美的陳述嗎？還是有「耽思傍訊」的警世作用[17]。

春分別冬，百花齊放，或如成為國際花季的櫻花盛開，一夜爆爛，一樹新貌的情狀是一項幽雅美感，沁人心弦的心理因素是快樂的舒暢，可以說這是「優美」的具體呈現。相對的美感則是在這「一樹春花萬朵開」之後的配角，如蜜蜂採蕊、如勁風摧拂花瓣醉態依偎，或落英繽紛、雨露相浸的場面，皆屬正常的成長景象，卻有「窗外梅開、石邊積雪」的意外之情。這些或增或減的場景，正是優美不及、遊興乍起的興味。

美感興味中有「遊戲」之說，事實上是「滑稽」、「戲謔」、「變猴弄」的同義詞，在美學中相對於「優美」的反意詞。或說因為優美是正面發展，正常前往的藝術成果。換言之，不論是視覺藝術，或表演藝術，就算是一個好學生的條件，一路上都在人性的教養中成長，該發揮多少能量就要有多少學習，成就也可預期；好比人生中的順境，必可抵達顯貴的成就，亦受人稱許，此為優美的境界。但不看在順境求變化，以「玩世不恭」姿態面對社會現實時，來一點兒「孤燈夜雨、樓外青山」的想像，激起人情無限的「歡天喜地」後反向艱辛，才能顯現更大的情思能量。

或說「遊戲」人間，也就是幽默人生的美感，那麼何謂喜劇與悲劇的分野？不如說因為悲情的深刻反思，重建人性的積極面，而喜劇介於遊戲與幽默之間的博君一笑，連串優美中起、承、轉、合的情節發展。戲曲表演，靠這些遊戲角色串聯劇情；繪畫設計亦得繁複對比凸顯主要色調，這些串聯或調節的角色就是丑角，也就是隱喻中最主要傳達的角色。若把人生過往當作藝術創作的角色轉換，很容易從社會中看到這種「丑角」的出現，眾人不以為然，卻無能不正視它的存在。

職場中很容易看到形形色色的「丑角」人生，不論他是唯唯喏喏，或者奉承拍馬，有時候使人看了討厭，聽來噁心，甚至看到他們為非作歹，遺害團體，但主管歡喜，不察行徑的現實，不正是「事過境遷」後的戲碼表演題材嗎？表演藝術中常有的「相聲」、「二人轉」，或是「小丑」之於劇情發展，都具有「反差」、「映現」主題之作用，真是藤蔓纏樹更覺蒼松高深；百花齊放，方知樹林立根的道理。

邁開大步前進的「主角」、與搏君一笑的「丑角」，正是美感中的優美與遊戲間的互補，孰是孰非，「小丑」的「眼淚已湧在笑容裡，啟幕時歡樂送到你眼前，落幕時孤獨留給自己……」歌詞，在說那份戲曲的美感嗎！

17西晉．陸機，《文賦》：其始也，皆收視反聽，耽思傍訊，精騖八極，心游萬仞。

陽剛與婉約的美感詮釋，就文學來說，具有文字形容的豪放與飄逸之氣，亦具備雄奇與流暢之能。或寫七俠五義、好漢義氣，或秦淮河畔說風月等等所具備不同藝術美表現的風格，正如四季天候的春風、夏雨、秋實、冬藏不同屬性與風貌，其所呈現的美感因素來自物象、意象相對的衝擊與比較。

陽剛之美，從積極面的發展，可以說它是英雄、豪情、強壯、義氣或為堅強與正義等等動名詞。社會現象中，看到「兩肋插刀」江湖人士所被對待的稱許，是他夠義氣、有膽識。若此人不為己，至少沒有「行惡」的念頭，或沒有不可公開的宵小作風，這種行徑會被極度地注目，他可能成為七俠五義中的英雄好漢。

或有人因為孝親救弱，將自己積蓄的苦行所得盡悉捐出作為社會公益之用，包括有人因受社會協助而成就未來的實業者回鄉捐建圖書館之類的行動，也是豪情萬丈、稱譽鄉里。更直接的例子，如消防員在救人救火的行動中，快速有效、奮不顧身的投入災場，攸關生命之存亡，往往有把自己犧牲了的壯舉。以911災難來說，他們的英雄姿容留傳人間。社會處處充滿正義之氣的例子甚多，他們「行動如神、行氣如虹」的氣勢就是陽剛之美。

歷史記載陽剛之美的故事，更使人回味無窮，不過大多是悲傷或憂愁相隨，例如楚王烏江別姬、趙子龍救幼主、桃園結義，或是水滸傳等故事，大都是遇難忘己而有「英雄」當為的工作。不論是仗義執言，或據理力爭，主角均擁有「無畏」與「赴義」的精神，雖然不一定能救美，或有江山易色的可能性。被傳述的岳飛、文天祥、史可法等等事跡都涉及陽剛之積極面，有女性亦有此情景，或者更為剛烈的豪氣之情，例如貞節中的烈女、革命於救國存亡的梁紅玉、秋瑾，看她們的事跡，何止英氣逼人，不遑多讓眉鬚，亦屬於陽剛豪氣。

當然，西歐文化有關於陽剛、雄健之美的故事不勝枚舉，以強壯、威武的軍容，或力拔山河之氣勢，羅馬帝國、亞歷山大帝，或是拿破崙等等頗具陽剛之氣的戰事，豈有畏縮之途？那種寧為玉碎、不為瓦全的蓋世之功，或也是人生奮勵戰場的縮影。

傳世陽剛之美者，乃存在自然為範，人事為典。自然景物，若是高山大河，是深谷遠川，都使人見之讚嘆連連。登泰山而小天下，見大海則水浪綿延千里的境界，引發人性反思場界，布滿豪情萬丈機靈。或以神木為喻，眼見古松蒼蒼茫茫，遙古紀年方知人生之渺小；或以萬獸之王獅吼震山河，才明白震耳欲聾氣勢。此理推演，人世間便有了以物喻物，或以物喻人的「象外之象、景外之景」來形容陽剛之美來自豪情、直接、明確的作為。

「隨口利牙，不顧天荒地老，翻腸倒肚，那管鬼哭神愁」是陽剛、是豪邁[18]，而「不恨我不見古人，惟恨古人不見我」的氣概也是陽剛之勢，在人生道路上這些人或許是英雄、是仇寇、是霸氣，其雄奇性格無能阻擋，這項是以主導社會發展的前鋒力量，正是相對於婉約之美的圖象與氛圍，或者說陽剛之美取決於婉約之美的對照。

我們常常把婉約之柔比擬為文質彬彬，或以女性之常為其質性的延伸，事實上在美感運用上，若以「圓融」來形容這項美感名詞則甚為恰當。婉約是柔軟的、溫和的，也是可塑性的，更是善良的內涵。它卻不是柔弱的、頹廢的弱勢，而是隱性或是以「逆來順受」創導它外在形態的出現。好比西方宗教中的聖母，或聖母畫像，祂不只是以母性的慈祥姿容呈現慈恩，同時在莊嚴的氣氛下，祂已告訴觀賞者或信徒一份自信而深遠的積極態度，包括對聖靈正義之情的詮釋。這項婉約之柔所具備的神聖性與社會關懷意象，其力量不比陽剛之美有差異。

上善若水，水是柔順的，也是軟而清的液態，有柔順之意涵，如心如止水，以靜謐如伊人來形容水質之流暢與功用，它「無往而不利」的目的性，似乎以「柔情似水」的基本性質道盡人間印象。再者，「風」也說是柔順的，如微風拂柳、風透竹隙的詩情，將風的婉約姿容勾劃出形態，古人常引道德為風息之說，風吹草偃、風和日麗等都是很柔順的氣息，包括風土人情、風度翩翩的說法。另者煙嵐香氣等等自然流動之空氣或變易之氣象，都被應用在人靈世界上，例如氣宇融和、氣格高古，或林泉清逸之氣、書卷文氣等等都說明軟性之婉約，是襯托雄奇氣象的要素。

但是柔順或婉約之美並不是軟柔或頹廢的，如水之堅強，可翻動地表，不下於土石流，就是一項眼睜睜的破壞力量，遑論海嘯之可怕與破壞力造成不幸的結果，是無法不重視水的柔順在於因勢利導，或得細水長流的設計，才能有智者樂水的哲思。而風煙之能，或能搖曳竹梢柳姿，也能作為活化自然景物的珠簾布縵，可以成就「距離」美學的實景。但風雨無情，煙漫蒼穹的塵埃當前，遑論颱風折林，暴雨斷雲的破壞力了，所謂「斷雨斷雲，驚魄三春蝶夢；花開花落，悲歌一夜鵑啼」是自然景象引發人性移情入性[19]。

不論東西文化對於婉約之美所呈現的場景，都已成為藝術創作的美感元素，例如法國楓丹白露畫派的表現、英國水彩畫的透明筆法，美國如魏斯的繪畫作品所呈現柔美的一面，包括巴比松寫實主義如「拾穗」的表現等等，都以此項柔和為主調的表達方式。相對於東方藝術的文學作品如《紅樓夢》、《西廂記》，或愛情故事《孔雀東南飛》、《梁祝》等戲碼等

18 明．陸紹珩，《醉古堂劍掃．集峭》。
19 明．陸紹珩，《醉古堂劍掃．集綺》。

等所表現的美學觀，都在婉約美著落人情。

這些例子說明以自然現象到社會現象，而成就藝術性的美感成果，就藝術創作來說，更甚於「煙花」似的極端火燄，而保持並應用在人生價值追求更永續的精神指引。

就陽剛與婉約對應的美感呈現，在互為表裡的動態中，不論是陽剛氣象如何地雄壯豪邁，總要能在社會共識下的認同方得其境，若其精金美玉之質，必有行雲流水之性方得其性。因此之故，陽剛是雄性體質，而婉約應具有雌性之慈祥。若能陰陽調和，必得天地之太極，乾坤訂定天下大事耳。否則剛強易斷，柔弱綿軟的特質，就有無盡的意念矛盾出現。

・拙與巧

藝術美的造境中，又有一對相輔相生的美感要素，那就是吾人常以「拙」與「巧」作為藝術創作風格。「拙」是質樸、自然，以無華、簡要的造型出現，好比一位篤實農夫不善言詞，卻有一顆真誠的心相對於應酬敬語，或有個鄉間百姓在交易貨物時一諾千金的行為，都具備「拙」的質樸。因此，為人真誠、待人樸素都包含在「拙」的範圍之中。

「拙」的意涵應用於美感成份，應有對象感應的形容詞，除了前述人格特質外，在表演藝術領域中的清唱、獨唱、獨奏、獨舞等，沒有過多布景與音樂伴演，直接以內容取勝的唱工或講唱藝術，均有令人耳目一新的感動。至若視覺藝術如繪畫之文人畫風以簡樸為上，若梁楷潑墨仙人畫，即是樸拙之作，而蘇東坡的墨竹亦有此筆墨，又如清末民初的齊白石、吳昌碩的畫作，以及黃賓虹的水墨畫都是拙趣十足。

「拙」是隱藏性的技法，也是「返老還童」的反思，它並不是笨手笨腳的陌生，而是求初心的純粹，好比畢卡索的畫作，求取意象更重於外在形象。或作為原生性的畫家如尚．杜布菲的遊戲之作[20]，有如兒童畫作的天真浪漫，不是他不會物象的外在描繪，而是他思考後的存真，求取心靈在思維中的摸索。諸此實例很多，當我們看到大畫家下筆簡約，或在造形上以單純形色表現意境時，「拙」趣在於筆趣，筆趣則是用筆如「屋漏痕」的自然流動，又如「力透紙背」的深入，將畫意作為符號筆跡所促發的象徵，作為無限情趣的圖象。

沈潛溫厚是「拙」趣的本質，論理為象是「拙」的功能。自然物象自有它的物理性與成長規律層次，「石不語卻可人，鳥鳴則境空」，自心靈升起意念衍生而起的「筆跡」流動，或表現純粹自生景象，此乃童心之真者，「絕假純真，最初一念之本心」的意涵[21]。此外，

20尚．杜菲（Jean Dufy, 1888-1964），法國畫家，恆常以巴黎為創作主題。
21明．李贄，《童心說》。

「拙」有停留反思的時間性，凡事反芻再三，如剎車之輕重作為藝術表現的技法，通常下筆在心，心正筆正者，「受事則無形，治形則無蹟；運墨如已成，操筆如無為」22，就在「拙」趣引發的美感層次。

不多不少的文字闡述，沒有贅言餘筆的藝術表現，繪畫亦然。「拙」質表現是誠真、也是慎重，千毫萬筆不如一畫者，是拙趣之美；萬壑千谷之景收於沁心人性，雖寥寥數筆已定乾坤氣象，以少勝多，也是拙形入美的表現。「拙」筆不露鋒芒，不花俏炫目，「拙」趣在有與無之間，「拙」之美是渾厚、真誠、坦率與無垢，呈現海納百川的情境。所以老子說：「大巧若拙」，「拙」涵蓋萬象之美。

與「拙」相對的「巧」，正是繁花競艷，巧思妙想，得其形而炫於外。對於「巧」之美可以分為「妙」達之臻境與巧之繁複性。

「巧」之美，應用在藝術創作上，不論是表演，藝術中的角色失常，以身段或走位姿態，必能傳達角色功能與詮釋，使主題因扮演者的表現而傳述戲份與內容，在一舉一動中看出表演者的藝術造詣。如京劇梅蘭芳演出貴妃醉酒，除了是戲劇外，刻劃人性至深的「不言」或「無言」唱功，比之「說清楚」來得更傳神，更見一份千古時空共感於人生至性的藝術表演，這就是「巧」妙的美感呈現。

以視覺藝術來說，一般設計家在製作海報或封面設計時，除了造型之外，色相的單一、比例的分佈更甚於濃妝艷抹，務使畫面調適所要強調的部分，以達到視感目的。同樣的道理應用在繪畫上，中西繪畫名家更以技巧作為畫面表現的技能，否則空談「藝境」的營造是無濟於事的。儘管當下的裝置藝術，或稱為科技多媒體藝術，在「藝與術」之間，必有「巧」妙的材質應用，否則空有理念而無表現，豈有藝術美的存在？

傳統藝術家張大千的潑墨山水，除了傳統中國畫的「六法」[23]、「六要」全能外[24]，以鮮活的色彩與布局融入現代性的畫境，巧妙地把傳統與現代、東方與西方的精神匯集一起。相對於當代藝術家如安迪的普普藝術所提供一份思考與新的視覺感受，都是「巧思妙計」的結果。

「巧妙」的正面意義，在適當、美好與表現的亮麗。應用在人事上或社會服務工程，都具備一種巧奪天工的人為自然。雖然有些事過於矯飾或虛偽，但這些幾近算計的說法，工於

22 清．石濤，《畫語錄》。
23 南朝．齊、梁．謝赫，《古畫品錄》：六法為：氣韻生動、骨法用筆、應物象形、隨類賦形、經營位置、傳移摹寫。
24 五代．荊浩，《山水訣》：夫畫有六要：一曰氣，二曰韻，三曰思，四曰景，五曰筆，六曰墨。

「心計」的虛華，則不是巧妙美感的同義詞。真正的「巧」是剛剛好，無多餘也不缺憾的表現，所以有「大巧若拙」之巧。而「拙」的樸，與「巧」的妙，正是美感層次的感受。

上述藝術美的範圍很廣，因人、因時、因地而互異，因知識道德修煉層次不同而有差異的詮釋，好比「簡約」之美，或觀念之美等，從形象到意象而後的時尚主張，藝術美隨著時空變異、人性知覺而有很大、很廣的主張。

其他有關藝術美的型態，依人、事、物的變易而有不同的解讀，因人的環境與知識看法，可以從中判斷這些環繞於四周的景物，是否能因甲而知乙，因乙的刺激而促發丙的聯想，甚至依人性與知識的不同，對於美的價值認同有不一樣的解說，諸此種種，再應用到事、物的人際關係，不論美是價值（蘇格拉底）、美是理念（柏拉圖）、美是經驗（亞里斯多德），就東方思想理念的「善為美」的基礎，包括孔孟學說，美是自然的老莊思想，或美是實踐中的墨翟意象，這些想法正如宋代理學中的美學也在理念上選擇人性最適當的形、色、義之客觀條件，表現在各界有「教化」理想的藝術上。例如宋代詩詞或繪畫不僅在文學與音律講究客體材質，更構成中國文化的精華，包括建築之美的居家或園林水榭，或繪畫中的筆墨機能都有一定條件標準，例如宋代院體畫如墨彩的花鳥畫，民藝的清明上河圖，或范寬、李唐的山水畫等等，將人情理想寄寓在繪畫中，使藝術造境達到天地人情合一的理想境界。

視覺美感

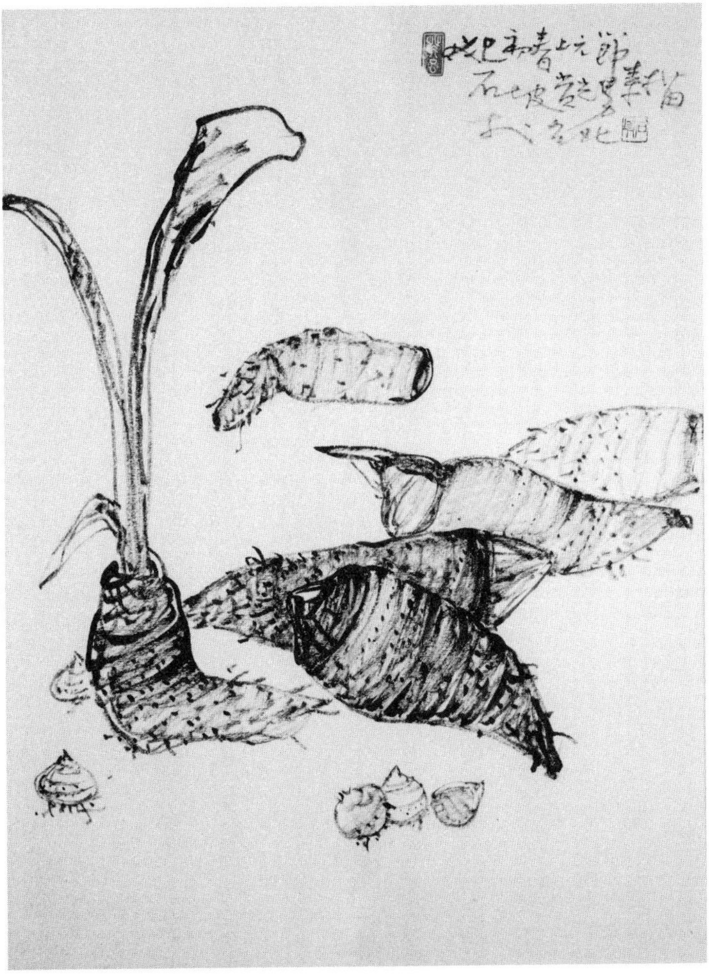

視覺藝術之所以有美感成份，乃是視覺藝術創作受到表演、造形或自然景物社會化的過程。它可能是自然的複製或時間的反覆，以及心理因素與認知的行為。

視覺藝術開宗明義是以人的眼睛所看到的社會現象，而在心理產生的喜怒哀樂的情緒反應，認同、省思、接受從中取得情思的平衡。

視覺美感來自美感現實與存在的事實，我們是否察覺到它所依附的客體，或是主觀意象的詮釋，就美感成份與層級，都與社會意識相關。更具體地說，視覺感受先由生理的快感而起，然後才昇華為美感，最後達到形而上的精神領域。

探索視覺藝術美感，應有下列類項作為討論的主題，試以物理現象、社會感應、心理因素等層面佐以實驗來說明美感之視覺的功能。

物理現象

物理現象指的是自然物景所引發之種種存在的事實。好比宇宙星辰，除了幾系行星互為平衡於太空外，星球自身的引力或岩石、熱量和生物的集合體。有些是提供光源（太陽），有些是存在於「借光」中，如地球、月亮等。目前人類依存的地球外，是否在宇宙間尚有生物？也是「人類」關心的課題。

人類成為感應自然界的主角，最重要的陽光、空氣、水等自然界現象，也是物理現象，當牛頓發現使蘋果掉下的引力後，人活在地球上便有更多與人性有關的生活情狀被探索。在這裡可區分為以物觀物的看法，或以人觀物的現場作為視覺美的有機呈現。

「人」本身就是物象的一種，為了維持生命，必須取得可以延續生命的物質需要，其中保暖、食物，或保護自身安全的種種個別物質，與生俱來的被人所選擇。例如史前岩畫所塗上的記號，或作為共存物象的碳水化合物所形成的生命，包括動植物競生的時空消長，這些物理現象，事實上是被人類所感悟並賦予意義的圖象。換言之，感悟生命所依存的是經驗與學習，所以物理現象在人性所應用的美感要素，最基本的呈現是「有」與「無」，對於生命價值的選擇。

對於自然物體所能理解與受用的部分，也是人類必然要先敬畏的部分。例如土壤岩石所構成的高山峻嶺，是否就是孕育更多資源的巨大物象？而其被人類所認識的容積體，幾乎不可改變的自然景觀，巨大雄偉，高崇入雲的心理感應，便是前述崇高美感的衍生體。

若將其轉換成生命依託的資源供應對象或望日為父、思月為母的象徵意義，作為藝術創作的元素時，高山大海又是如何的雄奇偉大，包括自然萬物的存在，提供人類生活所須，以及視覺美感中的客體，真實才能演化為主體相對應美感的產生。

因為「經驗即為藝術」的說法[25]，也是一項存在人類歷史演進的事實，當我們看到自然物體存在所展現的現象時，不論是否直接看到它的外在形象，或者轉換為心理現象，視覺對象刺激了情緒反應，就有很多因生活需要而自行重整的形態存在，這種事實說明物理所延伸的相輔相成關係，並非依靠「人為」的建立，而在「物理」規律中的現象。好比樹葉形狀，葉脈的互生或對生是一種人所要觀賞的「秩序」之美；又如四季分明，生物成長與消散，所謂春花、夏樹、秋果、冬藏的循環之後，才有「青山秀水」中雋秀的感受。

「人」亦生物之靈動者，可為物象，亦可為意象的主角。若以「人」觀物作為藝術創作的本源，視覺美感的範圍就有更廣闊的天地。因人而有「事」，有「事」來自「物」的啟發，換言之，有些物質是直接需要的，包括婚姻關係，來自傳宗接代的兩性以及作為社會現象、文化層次與歷史陳述的價值。

因人需要所選擇的對象，有些直接對物象的喜愛，西方人會說這是「美是直覺」的反應[26]，這項說法當然是很正確的知識與情感的反應，但直覺之所以可以判斷為美感的來源或藝術，也是因為「人為」經驗的結果。

它又分為二個方面來說，一項是「逼真」的描述，把宇宙物理關係應用到人情溫度，「寫真」的對象，或創作的藝術「真實」之美，千古以來就被拿來計量藝術創作之良莠。「真」實是童叟無欺，「真」實不虛偽，它是客體事物的存在，沒有個人偏見與利害關係，所以說它是美的、有美感的，「自然」就是美，這個「自然」的真實，沒有經過改造或修飾，保持原貌提供「存在」事實的想像或創造。

但是美感全然是因「人」而「感」，因「人」而說的情緒，所以自然被人所認定的美，必然是中性且被挑選的對象。好比莊子說「真」能動人，就是不虛妄沒有掩飾的真實，他說任何一項文飾不以虛偽作事，而要「真者，精誠之至也，不精不誠，不能動人」[27]，其中所提到「精誠」是逼真的技巧與心緒的投入，所謂「精誠所至、金石為開」就是一項美感至豐的呈現。

中國繪畫中的院體畫，除了逼真的寫景之外，意象超乎一般人的視覺感應，而是我所想的，或沒有想到的形象竟然由你把它畫出來，這項可知的共鳴體，就是藝術基於物理現象的

25 約翰．杜威（John Dewey, 1859-1952），*Art as Experience*，1934。
26 貝內德托．克羅齊（Benedetto Croce, 1866-1952），*Aesthetic*，1902。
27 戰國．莊子，《莊子．漁父》。

衍生。看黃荃、徐熙的花鳥畫，或郭熙、范寬的山水畫，乃至李唐所創作的〈萬壑松風圖〉等等都以逼真技巧創作。乃至西洋繪畫除了古典寫實畫家，不論是宗教畫或風景畫，「真實」與「現實」結合的美感經驗，使西方美學幾近科學或哲學的思考。

二十世紀中有所謂的照相寫實，就是一項很具體的美感經驗。照相的結果，本來就很真實的攝取影像，但不是說藝術品「真」，這時候才發現繪畫的「逼真」的「逼」字是人為的力量，逼著真「象」為「真」象是最高級的藝術表現，所以來自紐約或法國的照像寫實的繪畫風格引導藝壇創作風潮，甚至連電影、文學、或其他表演藝術朝向多元發展。即如當代藝術中的多媒體藝術表現以此為據。

不論是逼真或直覺，就物理現象所帶給人類心智覺醒於美感陳述中，一定與人類生活經驗有直接或間接的關係。直接部分應該是生活經驗是自己經歷過或受到刺激的視覺取捨。例如中國古代建築大都以木造結構，它必須在空間與巧技之中撐開大且寬敞的居家或廳堂，才能顯現人類的巧妙技能，或作為生活中的園林也必須在環境布置得到抒展的機會，才能受到「安全」無虞的保障。在這裡所要說的人類對生活環境的選擇與取捨，首先要有安全感，次為美觀流暢，都顯現在一項「知識、情感」的經驗中。

知識是人與人之間約定俗成的記憶與行為，情感則是心理盈缺互補與共鳴，當「物理」

現象是益於共同生活的範疇，儘管在「苦中苦」的受制時，仍然求得「人上人」的結果。這種先「勞其筋骨，苦其心志」的作為，就美感經驗來說是抽象的，但又很具象的奮勵過程（下文再述）。在人類力求幸福的奮鬥，美感存在心理的因素，絕對是有跡可尋的宇宙與世界。

在此，我們先舉幾個事件作為物理現象中的美感成份。好比「花」的存在與被喻為「愛情」或某一象徵時，萱花、玫瑰花、梅花、櫻花他們所代表的意義是什麼？不論是情人的愛，父母的情或文人士大夫的志趣，它有講不完的故事；那麼月光照溝渠，或明月千里寄相思的月亮又是如何與藝術搭在一起討論？更多的「人得交遊是風月，天開圖畫即江山」文學或繪畫[28]，所引用的物理現象或現實，都成為人類生活美感的重點。

上文簡述這層道理，我們試看看那些物理現象與美感的關係，是否有被「判斷力的批判」作為探索美感的道理。物理現象中，看到天際線有無限延伸時，所得到的心寬體胖的心情，晨曦直射窗前的明亮，白雲飄於青天的悠閒，綠水流過佈滿歲月苔痕的溪川等等現象中，有連續動作，如人影移動知時間過往，又如兩條平線本來就只有等距離共同線跡（圖A）。

28 北宋．黃庭堅，〈王厚頌二首〉：夕陽盡處望清閒，想見千巖細菊斑；人得交遊是風月，天開圖畫即江山。

若分別在不同的兩頭各給一個箭頭就是有人各有志的方向感了（圖B）；相同的道理，正三角形（圖C）看來比倒三角形（圖D）來得平穩；或作為電影的連續攝影，它就呈現動態感，如卡通漫畫一般的美感要素，若有一對情侶因意見不同，一方舉手作勢要打另一方，雖然沒有真正的打下去，另一方的心靈已然受傷，諸此等等心理狀態是物理現象的推演，有人認為這是完型心理的作用。

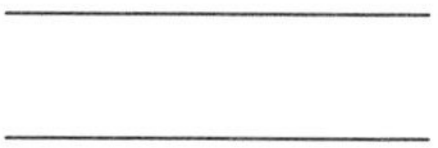

（圖A）

（圖B）

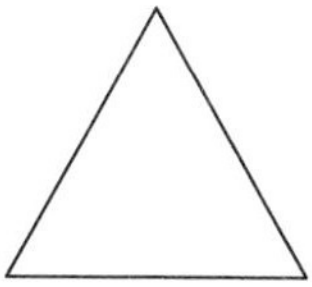

（圖C）

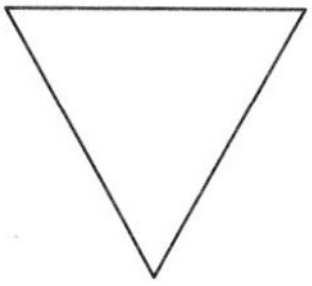

（圖D）

物理現象推薦於人世間的美感要素，如晝夜交替，天地陰陽，生老病逝的規律，來自知識，也自經驗，它是天理、宇宙間的平衡狀態與互為牽引的功能；人性，人間生活互為表裡的需要，必得之「性者，天之就也；情者，性之質也；欲者，情之應也」[29]，當美感受到人欲的鼓舞時，百花齊放，百禽爭鳴，大地回春或四季平安的期待，不論它所呈現的藝術創作是文學、詩歌、表演、繪畫或設計，其展現的符號與象徵就有很深、很廣的美感天地了。

當社會現象都朝向「煙火式」的節慶時，或是作為品味人生的文化休閒，或者時尚的流行音樂，以及靜默於學理研究等等同時以不同的審美角度審視美感，就有更多元更為開闊的詮釋空間，問題焦點在如何增進全體生活的幸福，永續於可知可感的價值，才能達到「天地與我齊一」的意象表現。

29 戰國．荀子，《荀子．正名》：性者，天之就也；情者，性之質也；欲者，情之應也。以所欲為可得而求之，情之所必不免也。以為可而道之，知所必出也。

社會意識

美感是視覺受到客體存在的刺激，而有所因應於人性需要的過程；或作為觸覺經驗所傳達生理判別於物象的質性變化。其中除了物理現象是客體呈現與功能建置在人性的思維上之外，如何將美感深植人性感應之間，恐怕在於社會意識的匯集，以及人情的教養。當然，不論是那一類型的美感探索，「需要」是首要條件，儘管它不具利害關係，但作為生活品味對於美感事物來自視覺的知覺，這種知覺就是社會意識。

整體來說，美感是生理需要與精神鼓舞，也是藝術表現的因素。前面曾提及，托爾斯泰提出藝術之生理進化的定義與經驗的定義，這兩項定義都具備社會意識的匯成，才成就藝術創作的動機。有動機就有目的，有目的時才會尋覓美感要素。

除了前述視覺美首要條件在於物理現象之外，更能引發情思的美感必定是社會現實與共感的意象，若以宗教觀或民俗習慣作為美感探索的來源，我們很容易想到神話與教會的故事。東方神話有關造物者盤古、伏羲、西王母、三清大帝或玉皇大帝，就其社會意識連綿在大眾生活中都有一套鮮明的傳說，其中最能引發情緒起伏的乃是「正義」事跡與「濟弱扶傾」的神力，並鏟除為惡作端的不肖人間統治者。尤其是描寫神力的小說，以「判斷力的批判」在除惡為善的藝術表現，如封神榜、七俠五義等內容，借宗教之神力，力求人間趨善避惡的故事，似真非實都是合「情」合「理」的推演。其功能有神話、有人情、有場景、有幻境的藝術造境，豈不是就是社會意識所發展出來的想像，也是生活餘興再生。這種真情融入在藝術創作時，便豐富了人間盼望的理想生活，就是一種「無所不能」神力的美。所以西方的教堂或東方的佛堂廟會所營造的美感造境，除了藝術創作值得審視外，正面、積極向善的人生觀，就是宗教美學的殿堂。

再說，社會意識的另一個思潮重心，則是民俗藝術加諸為美感的體驗。民間習慣或知識所具備主觀判別於客體條件的例子很多，大致可分為原氏族共有崇拜，以及生活習慣的禁忌，不論屬於那一類型所呈現的藝術創作或美感屬性，都是長期共同生活所粹煉出來的結晶。例如中國人很喜歡用紅色作為婚慶壽喜的旗子或標幟，原屬紅色代表熱情，溫暖的膨脹色系，一家有喜、一國有慶，紅色的喜悅來自生活習慣的口耳相傳，若有人一不小心穿著白素或黑濁衣飾前往某慶祝集會，必然遭到「白眼」。但紅色並非所有人都認同是喜事一樁，西方則以為它有戰爭或血流之象徵而慎為採用，如婚紗都以純白為最高貴禮服。餘此類推，色彩之民情習俗都因時空不同，而有所變易。

事實上，色彩之於美感，以及視覺藝術之於創作的動機，尚可追溯到原民時代，深受環境適應的影響而有不同的美學研究與呈現。例如「龍的傳人」是中國人嗎？至少龍文化在中國人來說是積極的，也是喜悅。原因是華夏民族中有「龍鳳聯姻」博大吉祥的象徵。稱龍成鳳也是民族性追求的目標，這時候的龍是華夏民族崇拜的圖騰，更是作為喜悅的象徵後，中華民族對龍鳳的看法便成為一種吉祥的信仰了。

對龍的造形，若以它和蛇作比較是否有很多的相似點呢？只不過在「龍」的圖象上加上龍鬚、龍爪、龍角、龍鰭或其他裝飾，與百步蛇或其他以蛇為圖騰的原民意象又有何區別呢？我們可以進一步研究，龍蛇的原本記號，恐怕是一種警戒作用的提示，人類不宜接近，因為它是行動飄忽的猛毒動物，人的生命受到威脅而圖象在型上或記錄簿上，作為教育或避開的圖記。如此過程從警示到膜拜到神話，都在人類生命求得安心的心理造成藝術的創作。但西方文化以「龍」為邪惡的記載文獻頗多，卻常以獅虎或麒麟獸為瑞祥之徵，這些風俗與信仰都是社會意識所造成。

在此，不討論龍與鳳成為圖騰的演變，卻不能不知道龍鳳藝術之於文化性演變，是遠古民族生活故事的衍生，成為藝術創作的重要元素。

諸此種種不同於民族習俗的信仰對象或禁忌的風俗，可以深深影響「美感」造境的層次，例如印度飲食文化以手取食，絕對以右手取用、左手棄餘；或台灣祭拜祖先一定先門口後神位的規矩，合乎禮數自然有美感，否則在「沒教養」的批評之下，美感生活又如何產生？

心理因素

視覺美感是人類透過視覺的感應，對等距離客體所引發事件的審視，判別屬於不同層次的快樂、感受，或是轉化成積極「作為」的原動力。這項「感知之價值就是各種審美的價值」[30]，視覺美感的探索，是客體受到主觀意識所判斷審美條件中的價值，而這些被提出的人性接受為「愉快」的事物，通常不具實用性與功利性。換言之，純粹美感隱藏在人類生活中具有生命勃發的知識與作為。

美感有生理需求與社會價值共同的感應，有些是即時發生心理變化而接受或排斥，有些事件則成為社會共同的價值認同；若說美感具備「永恆」不變的生存意義，那些視覺感應的對象，必然有較明確的判斷為基礎！美感在人性存在於社會功能，包括喜歡、愉快傾向中審視它的價值。

30 喬治・桑塔耶那（George Santayana, 1863-1952），*The Sense of Beauty*，1896。

基於此項意念，美感必然是現象呈現的價值認同，也是人性自覺中的心理狀態，具有主觀與客體融合的現實。在此，我們試圖從生活中審視幾項實例，或能進一步了解審美過程中美感存在的環境。

・距離之美

「距離美」的要件，在於時間性與空間性的間隔，才知道美感存在於某一領域上。時間距離如童年回憶，或歷史典故，審視者會有一種客觀心智的判別，那是屬於正確而積極性的作為。看到三國演義諸事件，或讚嘆，或咬牙切齒，美感油然而生；或被現實迷惑而無法自我解脫的事件發生，「事過境遷」之後才明白事情始末而霍然開朗，這種「時間的空間性」就是距離美。另一則以距離為美感的空間美，除了前述有關環境的布置應恰當，空間之美在於距離的安置，太近看不清楚，太遠看不到，必須要有「橫看成嶺側成峰」的空間位置，才能清楚身置何處。包括居家、辦公室的布置空間的距離是要經過人為安排的。其中風水說之於庭園，如何植花蒔草？如何曲徑通幽？才能有「碧草平湖，青山一畫；波光萬頃，月色千秋」的詩情畫意[31]。

不論時間距離可以看清原由，或空間距離可登高望遠，視覺心理中自動調整現場人、事、物的秩序，是心理早有經驗的過往，才能在美與不美之間選擇對象。那麼太遠看不見，太近看不清，孰是孰非，美感在時空中飄蕩。

．聯想之美

「聯想」是美感的動能，而且「聯想」有想像，同理心的意涵。因為人的情思是社會意識發展的結果，也是可以作為類比的資源，腦力知識與智慧構成人類生存價值的共同體，也是美感要素的發動機。因為有想像力才能預測未來，開拓前程；因為有同理心，才能「人同此心，心同此理」的作為。藝術創作中的文字敘述，「我見青山多嫵媚，青山見我應如是」，「春山煙雲連綿，人欣欣；夏山嘉木繁蔭，人坦坦；秋山明淨搖落，人蕭蕭；冬山昏霾翳塞，人寂寂」的形容或心理現象[32]，是美感滋生的場景。

31 原文鐫於蘇州越城橋：碧草平湖青山一畫，波光萬頃月色千秋；十里荷花香連水，一堤楊柳影接行。

32 北宋．郭思，《林泉高致集．山水訓》。

社會事件很多被同情，或引發正義怒吼的情景，也都是聯想而來，在同理心的驅使之下，看人性抒發，或作為共知共感的情感，便是藝術創作的泉源。文學作品描寫的悲歡離合、繪畫作品的富貴與野逸、建築藝術的庭園亭榭、舞蹈表演的音韻節奏，都是在想像與同理心中作適度的聯想，都具備「同情共感」的情境，才能引發藝術創作的層級。

因為「聯想」，在同理心之下，才有「己所不欲，勿施於人」，因為「聯想」，才能有「不作風波於世上，自無冰炭到胸中」的修煉[33]。

・擬人化之美

擬人化的美感也包含了象徵化的意義。因為人有情思、有主張，對客體必然有所認識與期待，將自然物象轉化為人性意象或者寄情於物象的人格化，這種現象基本上就是美感的擬人化，或者說它也是藝術產生後象徵意義。

動植物的生命除了自然物理的成長外，被人性化的物件很多且因文化不同而有不同的解釋。例如中國繪畫中的文人畫，常以「梅、竹、菊、蘭」為四君子畫，梅花象徵孤高、竹子中空有節、菊花晚節、蘭花獨存的性格正好被文人性格所比擬，甚至將其喻為君子風德。而動物中的「鹿」象徵著「祿」位，「虎」的勇猛並喻為「福」氣，「龍」則是吉祥，「雞」可報曉且「吉慶」等等擬人化都在人性人情被廣泛使用。

常在繪畫中看到老鷹掠取小鳥的鏡頭，這只是一幅畫面，卻隱藏弱肉強食的意涵；離鄉背井思念家人，常用鴻雁為寄，例如蘇東坡詩句中：「人生到處知何似，應似飛鴻踏雪泥；泥上偶然留鴻爪，鴻飛那復計東西」的鴻雁[34]，該是借題說人生吧！齊白石畫螃蟹後題上「看汝橫行到幾時」，引發本人也畫螃蟹的題詞則以：「本是池中物，何能上山崗；若有明鏡照，當知汝無腸」相和應。螃蟹只是一隻小動物，卻因為牠的生理特徵可被擬人化，在藝術表現上就顯得畫境無限。

「明月幾時有，把酒問青天」，明月、青天被擬人化；「人有旦夕禍福，月有陰晴圓缺」，也是擬人化。更多的童話或宗教故事，甚至文學作品都有象徵意義的擬人化美感呈現。春天百花齊放，所以有花季節慶，在千紫萬紅中的繁花爭艷。「花」成為愛，男女別識，或作為「花

33 北宋．邵雍，〈安樂窩中自貽〉：物如善得終為美，事到巧圖安有公；不作風波於世上，自無冰炭到胸中。災殃秋葉霜前墜，富貴春華雨後紅；造化分明人莫會，花榮肖得幾何功。

34 北宋．蘇軾，〈和子由澠池懷舊〉：人生到處知何似？應似飛鴻踏雪泥；泥上偶然留指爪，鴻飛那復計東西。老僧已死成新塔，壞壁無由見舊題；往日崎嶇還記否，路長人困蹇驢嘶。

魁」的才藝俱美之象徵，甚至作為族群的代表，台灣客家文化中的油桐花或相思花，中國富貴象徵的牡丹花，日本栽植並散布於全球的櫻花，或是各地市花的象徵意義，事實上就是美感被擬人化的結果。

擬人化是藝術美感的重要課題，除了延續人性的聯想外，對於象徵人格的風尚，就藝術創作來說，具備很重要的美感因素。

·陌生之美

陌生感是美學驅動力之一，陌生感與距離美幾乎同性質，唯陌生感有「可知未知」的神祕，也有「新奇」的感應。孩童牙牙學語時的「童言童語」逗人心花怒放，原因是他在「開竅」之後，對世界人事物的認識，除了有「不知」可知的新奇感之外，「陌生」轉向可知的過程，具有強烈的「開門見山」的真切，所以有人說「童真」的初心就是美感的開端。

因為「陌生」便會產生無限的想像力，思考或求證的過程是艱辛的工程，但是在有結果時，尤其是好的結果，便會達到高亢喜悅的情緒。加上「陌生」不具事先的規範，當有某一成果，美感自然存在。當然，「陌生」感探索過程中的刺激，不論終結是新奇，或是意料之外，都具備新鮮有趣的情趣，至少不會一成不變，因循前因。

社會上常有一種「鏡花水月」般不現實的追逐，甚至有「室外野花香又艷，它處老枝不逢春」的情感糾葛，都顯現人性有對「陌生、神祕」的偏好。既然陌生與神祕有美感趨力，那是一份冒險，也是一份探索，「不知天上宮闕，今夕是何夕」所期待的「希望」，正是陌生美感正面追索的意義。

任何人在生命的成長上，都具備生活的「希望」，不論是志氣的實踐，或是物質的富足，甚至生命意義的安頓，都具有「希望」的因子，否則便形同枯灰。所以追求「陌生感」的前程，在不斷「想知而半知」的動能下，引發一陣陣新奇的事物，不計成果的多寡，但求「真象」的心理，「陌生感」便成為美感追索的要素。正所謂：「撥開心中雲朵，消卻人間煩憂」，如何「撥開、消卻」乃是一種「希望」行動力，便是美感的昇華。

・季節之美

一年有春、夏、秋、冬的變化，一天有晝夜的分別，人有年青至老的歲月，這是自然現象，也是人生真實生活的規律。這些規律就是「秩序」，有秩序就有期待與美感，任誰都是「喜新厭舊」，就自然秩序所產生的生態，春天來了，百花開，燕子來，勃發生機給予人們幾許愉悅。而後夏耘、秋收、冬藏的預期心理，就有「順天者昌」的認知與接受，使人在族群社會生活中建立名聲與價值。

因此，季節性美感在可預期的習慣中提昇生命更替的意義。例如學生上課有寒暑假，公務員或企業員工有休假，以及年節時嘉年華式的熱鬧，都會引發心緒的緊鬆與得失。正所謂少年不努力，老大徒傷悲的預防，或是十載寒窗無人問，一舉成名天下知的堅持，在「先天下之憂而憂，先苦後樂」的豁然開朗，天地一清的歡愉，這些都會在心理產生美感。

季節心緒，也是一種「習慣」，除了有預期信任感外，對於約定俗成的規範有共識的價值觀，因此凡被大眾共識的自然物象與人為規範，在預期「善有善報，惡有惡報」、「春滿乾坤福滿堂」的希望中，「大風大雨來財運，輕煙濃霧先報春」正是季節美感的方向與目標。

人們辛勤工作，亦需節慶的訂定與休息，或參加一些文化休閑活動，養精蓄銳，來日再奮鬥。但不宜成年成天都在舉辦活動或夜夜春宵的興奮，它除了影響生命的「生產」要素外，所謂嬉戲喪志，至少不會有時間「生產」有益的美感。

‧信仰之美

大致而言，崇拜先賢至聖，都是一種見賢思齊」的驅力。譬如「讀聖賢書所為何事」，或是「富貴不淫貧賤樂，男兒到此是豪雄」[35]，都說明聖賢之道，在人品、學問、思想與才華[36]，是知識分子之所以以天下為己任的根據，能達到善良、道德提昇者，就有美感的存在。知識分子大都在「真理」與「道德」中提昇自己的人格，才能服務社會、發展社會，有這種標的者，自然成為被信任與學習的對象。

擴而大之，當思想家以「善為宗」時，為了大眾的幸福，將社會善良事跡匯集成為力量，所傳述的道德、服務與信仰成為宗教儀式後，「信任感」在信仰者之中建立了口碑，因此建廟立碑，建醮祭祀的活動，成為億萬人信仰中心，不論那一類經典都記載勸人為善的故事。

對於由信仰而產生的信任美感，就一般生活所融入的「理當如此」在於深信、確信到「佯信」的心理照應上，信仰所衍生的積極意義，是態度與行為的改變，也是明知有思考的空間，

35北宋‧程顥，〈秋日偶成〉。
36馮驥才，《文人畫宣言》，2007。

或求證的理由，但因為在「佯信」的行為上，大體上不會有錯的心理，而接受或崇拜某一事件時，它會產生一種「不求甚解」的美感。例如參加舞會、或聽時尚音樂會的群眾，他們會跟著他人的意向而融入熱烈的活動。參與者不一定喜歡，但在朋友的邀約下，佯信它是愉悅的活動，也可以說它來自一種自我沉醉的心理，也就是美感的再現。

大眾也是如此，可以幾億人在某一日（紀念日）匯集一起，有數大為美的氣勢；小眾則是自身修養，「言念君子，溫其如玉」的清闊[37]。信仰聖賢言行，依理入情的行動，得其實務之積極面，呈現祥和氣象，美感自生矣！

・創作之美

綜合上述有關視覺美感的運用，就有創作美的展開。創作是改變已習慣的傳統，再作新形式的文明，它有新奇、有現實，還有更多的知能滿足。不論是劇場的同一戲碼，或交響樂的演奏，因改編者、導演者的不同而有不一樣的深度詮釋，使原有作品更上一層境界；或是改變製作方法與材質，使藝術品可趨於象徵性與哲思性，作為人情共鳴的表現，它必須有更好、更深的創作者，這也是藝術有時代性與環境性因素的美感，才具備更寬度的美學領域。

創作美因作者的藝術素養的層次差異而產生不同的藝術風格。創作美若成就為傳統與現代的遇合，那麼原有民族傳統的象徵圖騰或科技的綜合媒材，正不斷在實驗中出現新意象、新美學。

創作是項新結合或創新形質的工作，不論是文學的詩歌、戲劇的表演，或是視覺藝術中的繪畫製作，乃至於空間設計，以及工藝品，它有具體的作品、實際工作在於藝術創作的範疇上。它為人世間留存性靈眾神的價值認知，且有所依循的象徵與規律，訂定永續依附的媒介體。它的美感要素在於知識、感動、造境與心性的原始需要，不論是具象、抽象或意象的藝術呈現。

37《詩經．秦風．小戎》：小戎俴收，五楘梁輈。遊環脅驅，陰靷鋈續。文茵暢轂，駕我騏馵。言念君子，溫其如玉。在其板屋，亂我心曲。

審美經驗

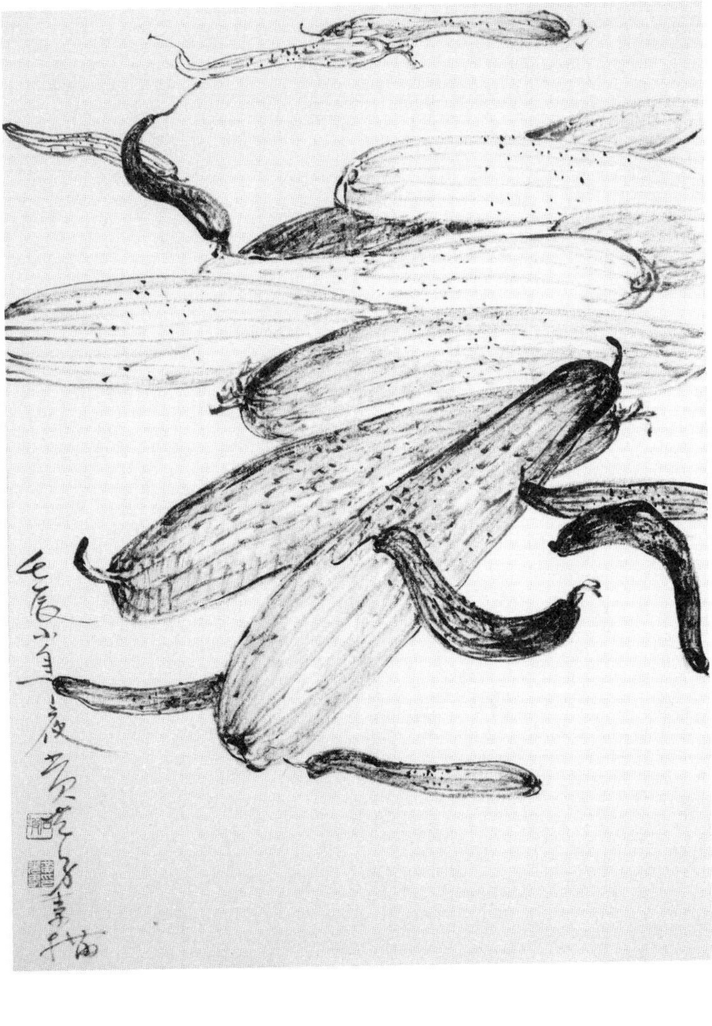

生活中被認為有品味、有美感的人、事、物必須受到社會大眾的喜愛與珍惜。「眾裡尋他千百度」，「那人卻在燈火闌珊處」，在尋尋覓覓的過程中，那一些是我們珍惜與喜愛的對象？以價錢的多少？還是以價值的多少來計算呢？

價錢不等於價值，但做為工具與實用性質的計量，大致上都先有價錢，才有價值的層次。好比一張名畫，之所以有價值而後有價錢的判定，是它具備了藝術性的多寡？還是以交換物質多少（即金錢）的份量？雖然兩者同樣是互為牽連的兩端，但藝術之所以有價值，能收藏，不論它是否有價錢的計算，「藝術」成分是首要的考量！

因此，藝術有了價值後的價錢計量，還得要了解藝術創作時的美感要素。

藝術美感所具有的時代性、環境性與種族性作品，是首要審視的對象。其中它是否在形式、內容上有令人感動的造境出現，則是作者將美感注入藝術創作層次多寡而定。繪畫美感所追求的形、色、線、面的圖象必定來自作者豐富情思與靈活技巧的應用！包括表演藝術、科技藝術、造型藝術等藝術創作，都具備普遍的「美學」原理，其中外在形質是否豐富精美？內在哲思能否動人？是否直接鋪陳？還是心靈感應？必有真確美感的神采。

如何感應美感？如何欣賞美感的存在？除了知識淵博、情思敏銳外，美感經驗是值得再三陳述的課題。

美感經驗中的美感要素已如前文略述，「美感經驗」指的是在藝術元素中，人性抒發與儲存經驗是一項社會公認的情感力量。那麼，生活經驗與美感是本節撰寫的重點，而不僅以造型藝術的美學元素提及美感經驗，應以較接近生活需要的層面，來體悟美感的實質意義，好比一個故事、就有一份感動；一件物品，就有一份喜愛；或一項活動就有一部分作用。

有人長篇宏論對社會發展力陳利弊，使大家心智豁然而明確。如孫逸仙先生的革命理想，改變積弱國體而有新國家的建立，帶給人民一份希望；有人惜言如金，以簡要字句勉勵學生，例如胡適說：「要怎樣收穫，就要怎麼栽。」他的學術論述成就舉世聞名，但以格言式的隻字片語示人，更使大眾印象深刻；有人默然不語，卻在藝術創作上展開無比的氣勢與寓言，好比八大山人的簡單揮灑作畫，境界卻開闊廣大；有人遨遊天下，記下奇珍異禽，或風土人情介紹民眾應知、必知的「新奇」，如馬可波羅的東方見聞錄；有人傳達人性的偉大，包括人道、人權的要求，如甘地的印度獨立，或德蕾莎修女的救濟工作，以及生活環境中濟弱扶傾的慈善社團等等，都有很精彩的故事，從故事可以體會不同性質的美感。

至若宗教儀式以為藝術造境的大型活動，在集體意識與個人體悟的共識下，美感經驗來自價值、希望、理想的有形與無形心理寄寓。例如佛光、慈濟等國際救援，每一事件都充滿人道關懷，這項美感更直接帶動精神提升的藝術活動，包括表演、視覺、傳播藝術活動的舉辦。近日教宗方濟任職，聖伯多祿廣場十餘萬的信徒內心充滿希望的彌撒儀式，亦具積極性的靈化美感。

而美術創作的美感經驗，包括建築、雕刻、繪畫、工藝以及設計的綜合體，綜合這些多樣化卻擁有共同意象的藝術創作，以視覺藝術作為列舉的對象，其中以藝術家作為美感經驗的詮釋者，亦為妥當的程序。電影藝術更具動能創作功能。

大眾生活的經驗

藝術家創作的原動力，必有自信美感要素應用，才能有不同風格的創作，也才能留存時空傳達情思的媒介。那麼，美感經驗之於大眾生活，有幾項最直接的造型美感營造現象。

其一，廣告牌的裝設，在台灣在「多一點、大一點」的心理下使它占據了民眾視覺審美環境。事實上在美感元素上常被列為「占有」的注入式形式，而忽略「共享」的自由揮灑。這項很「原始」的廣告美術的製作，與社會發展層次有很大的關係，說明藝術美感接受度的起落差異。猶記得在二十多年前，台北市政府整飭仁愛路三、四段商家過大的廣告牌，使它成為巴黎式的新視覺呈現。結果可說使台北與國際城市並駕齊驅，成為有品味的「品牌」，

「好的品牌不在於廣告牌的大小」是新理念中的新作為。

其二，空間陳設與環境的安置，直接衝擊大眾生活的品質。室內的傢俱陳設以簡潔、單純、方便、耐用為陳設重點，除了衡量空間大小的佈置外，使用與美感的表現有很大的能量展現。設計師依據居家條件給予最適當的改造或佈置，也受到業主審美的層次影響。如何呈現居家美感？除了單純色調與精簡傢俱陳設外，空間的使用是否可以聯想到下圍棋時爭取空間能量的產生，包括會展的廠家佈置，使用、方便與動線都會影響大眾喜愛與否的憑據。

室外的環境，以街道、公園或屋距來說，適當的設計與開發，所影響的生活機能雖然是工程浩大，或作為都市城貌品味的指標。以台北市區為例，除了新開發地區之外，市中心的仁愛路與敦化南、北路，街道寬敞、景色宜人，建築體亦隨之精美雄立。選擇在此落戶的「城市」人，必須付出更昂貴的金錢代價，因為環境優美、交通便利、空氣良好、街道暢通等等優質條件，無非是文化品質的高雅、與視覺藝術氣氛的營造，較接近大眾生活的理想！

其三，休閒生活中的文化休閒更重於即時性的活動。「即時性」指的較不具永續經營的目的，或不具有更高遠行為的目的，例如放煙火、或物慾為主的博弈、紅燈區、暴飲暴食的生理需要。應該是具備積極性的學習與休憩活動，例如藝術活動，在音樂廳、歌劇院看表演；在美術館、博物館、文化中心參觀文物展或藝術展，它的休閒功能必然可達到生命價值的積極面，有人說它才是陽光層面的文化休閒。

休閒在生命的意義上，促發再生的力量，而且可以反覆應用的知識與思想的指引，其中除了充實希望濃度，有機的規劃生活情趣，此情此境豈不快哉！

其四，倫理美感在台灣是明亮社會的動詞，也是有效的生活美感。倫理講的秩序與尊重、和善與自由，因為秩序就是法治、因為尊重就是民主，乃至於文化主體的「四維八德」對於民眾的教養來說，它融入台灣社會發展的機能上亦步亦趨，使社會充滿人間美滿生活的氛圍。當全民在彬彬有禮、濟弱扶傾的時候，我們看見捷運上座位謙讓的禮貌、在名店前如長龍般的排隊等等都顯現一種祥和美感！

這是學習來的，「我所欲」人人同理心的展開，正如自然界的四季依序，年歲更替，落葉是美，新生葉苞花蕊的生機也是美！

其五，假日踏青的活力，年青人的社會服務、義工的參與所構成的互助樂園圖象，是社會發展、人情溫馨的美景。走過室內、接受陽光，吸引新鮮空氣；或攜兒帶女、家庭和樂的共同爬山、看日出、品山泉。淙淙流水、轟轟海浪的景象，必然使人心曠神怡！心緒美不勝收。美感就是不斷奮勵所得的成果，包括了「人人為我，我為人人」的奉獻精神。

美感經驗來自「人性」生活規則所制約，其結果是否合乎生活美感，則有一定的秩序規律呈現。諸如生活滿足、精神振奮的客體形勢，好比家庭幸福、社會安詳、民富國強的種種表現，在人情生活、在行動活力與生命的希望。

生命中，處處受到各種環境的影響，行為亦受到某一程度的約束。就是因為有各項條件的制約，才能在規律中得到自由與人性紓解。不論屬於自然現象或社會發展，一花一葉一世界，或是幾聲呼喚，一片虹霞、一個故事都構成人性生命的起落。

真實生命的經驗

若對於社會現象的「感動」，就是一種現實的「美感」，那麼，審美經驗的秋葉楓紅、冰雪晶潔，或是微風斜雨、春風拂面的過往都有一份嵌鑲心靈的美感光影。基於前述的觀念，以下用幾個故事來審視美感來自生活的真實，以及生命價值領域的實現。或許其中有「距離」、「現實」、「同理心」、「佯信」、「擬人化」等等的美感體驗，我們知「美」如「水」之存在，有時候只可意會、不易明說。且讓我們看下面幾則故事，或許「不言而喻」就在眼前了。

・老人與狗

多年前，有位同事從英國學成歸國，他告訴我一個故事，說要對寵物愛惜，因為這些動物有時候比人類更有義氣、情感！

他留學倫敦期間租用一間公寓安身，這個社區裡住著很多家境不錯的老人家，可是因孩子在外工作，不常回家，老人必須獨自生活。雖然也有不少老人照顧服務，但在繁忙的當下，老人所能依偎的友伴就是養一隻「靈狗」，因為狗性溫馴、善解人意，只要給予少許的關心，牠必忠心耿耿。

這個老人對他所飼養的黃金獵犬愛護有加，靈狗也終日守住這位年已古稀的主人。早上散步沿塵霧，黃昏倚牆看夕陽，老人佇著楞杖，頂著雨傘，靈狗則前躍後吠地跟著主人腳步踩影，好一幅紳士情誼圖像。然而老人寂寞盼兒歸的無奈，惶恐「朝不保夕」的一絲當兒，有一次跌昏在浴室間，這隻靈狗向外猛吠哀叫，促使鄰居前來救援。如此云云，老人更加愛惜這隻狗，可以說相依為命勝兒女。當然並非子孫不孝，而是遠門千里，哪能朝夕定省。

有一天靈狗瘋狂吠叫，原來老人已歸西。在清理遺物時，看到老人的遺囑說所有財產有數千萬英鎊通歸靈犬所有。老人感謝牠陪伴的年歲，給了自己的安全與生命活力。

鄰居感動、子女無言。狗啊！狗的忠心與現實的正義，媲美人類性靈。

‧孩童眼神

二十年前，我隨文化考察團體到剛開放不久的大陸參訪。

除了上海、北京大都會仍然在積極奮勵外，百事待興的文化景物是我們參觀的重點，而我更有興趣在文化古國的庶民生活裡尋覓一份真實。例如山西、陝西或甘肅等文化瑰寶發跡地區。

勉強堪用的中型汽車搖搖晃晃從北京出發，沿途地景尚有很「原性」的景緻，四合院落、土厝古村，以及依山傍水的零屋瓦舍，頗有「草徑幽深，落葉但敲門扇」的情境。車窗外的風景，在走走停停崎嶇山路上，可以看到山村舊巷正從事民生用的家庭副業，如土醋與醬茶，教人印象深刻的是孩童沿路簇擁賣水菓。

車停在一個約莫十歲左右，衣履不齊在賣柿菓的光頭小朋友前，看來多麼盼望有人可以買他的水菓。我看在眼裡，也想起自己的過去，於是買了全部十來個柿子，回到車上才發覺這些柿菓尚在「等熟」中無法享用。車友說，為何如此慷慨，我說：「你看孩子們多麼高興啊！」

事實上，想到自己近六十年前，也是奉父母親交代在泥土路旁賣香瓜。當年香瓜香甜卻容易腐敗，若今天沒賣出，明天就無法食用，所以很擔心賣不出去，尤其靠近傍晚的時候，客源稀少，就沒希望了。有一天，就在坐立難安，深怕沒人來光顧這些待賣香瓜時，有位穿著講究的都會小姐從汽車出來，看看四周孩童，想來只是參觀一下。沒想到她問我一斤賣多少，答以數目後，她給我超過報價的錢，讓我喜出望外，真感謝她。

知道嗎？那一天給我全家帶來兩天的菜錢，我也第一次被父母親稱讚幸運。當這些情景再現眼前，自然激起一份同理心的愛憐！

·揮別田禾

那一年，我從台北趕回高雄，為的是實現對父親的承諾：暑假一定回鄉協助播種插秧的工作。

六月初天氣炙熱，高雄的太陽也特別兇猛有勁，往往把人「烤」出一層層如脫皮般的蔥油餅。已習慣在水田泥沼中打滾的我，並不陌生在父親吆喝下勤奮向前，使盡吃奶的力量掘泥耙土，期許新種稻秧快快長大。

通常在秧苗播種後一星期，除了不使水乾草生、把新泥用手揉平之外，還得把雜草埋入土裡作為「草肥」，然後再施予自行培養的有機肥；其次約莫再過十天又得拔除可能再滋長的雜草，同時多了一個動作，就是鬆開稻禾的鬚根，使它得到土地養分，以達稻禾成穗。

我，原本就是農夫，就在第二次到第三次除草施肥期間，看到健碩稻穀漸長，鳥雀追逐葉稍間，似飛還舞的，似乎在預感秋實豐收。此時看到老葉伴新芽，單枝成簇叢的一畦畦稻浪飛揚，想起「茂盛的綠葉是在根深廣植中茁壯」，它，生生不息搖曳在自然風息成長，它生機蓬勃嵌鑲在人間愛惜收藏。

我，清晨看著青翠葉瓣的露珠兒，在陽光閃耀下消融，是生命在悸動，也是宇宙引導下的物性，無關人、物是否多了情感。在第三次除草後，除了拔除稗子外，對於已有「中廣」腰枝正要出穗的稻禾，倍覺它有如家人或親屬，正要為家族增添新生力量。

忘卻汗流浹背，忘記風勁陽光的照拂，只記得：「汗滴禾下土」的勤奮，以及泥味稻香引來的鳥兒、蟲兒，或者說栽植它的主人，正在祈求風調雨順，以利稻穀成長，豐收連連。

就在它受盡照顧、根深葉茂時，放眼望去，一波波的「綠浪」迎風而來，煞為壯觀，但定心一想，當它出穗成為金黃色的稻穀時，我已北上求學，想到再回程已無法再看到它的姿容時，那波波稻禾的風浪，波波低歌，恰似像對我招手說再見，剎時，我淚流滿面，舉不起離別的手，真是「淚眼問花花不語」的惆悵。

我，哭了，傷心在「稻我」不同時空的落差，生命卻同時消長。

．淚眼相對

神戶大地震時，有一位好友陳先生正在當地攻讀博士學位。租借在學生宿舍的他，遇到震天動地的轟隆巨響，他在睡眼惺忪中驚醒，卻來不及逃避，吱喀吱喀崩塌解體的房舍壓住了他的身體，幾乎沒有生存的希望。

經過一番掙扎，他被救往他處療傷。眼睜睜看到有人的遭遇，或幾乎被夷為平地的震災現場，斷垣殘壁，隨時會受「餘震」的生命威脅，又缺乏物質與精神慰藉。心想，難不成這個天災是要絕人之路嗎？還是天地不仁，以百姓為芻狗？真是天蒼蒼、地茫茫的漠然。

命是保下來了，但眼前景象滿目瘡痍，除了自身安危外，災區外又是如何？台灣家人是否急如熱鍋上螞蟻？根據可知的消息，死傷重重、生機受阻的環境，只依靠有限的人力、物力又如何能提供暫短的安寧？而學校的同學又如何？學校救援有否遭難？真是千愁百慮，悽悽慘慘面對著生存的困境，如何能因應眼前創傷。

正當在呼天搶地的時候，在另一個場景，他甦醒後第一個想到的是指導教授可否平安？怎知此同時，老師也在地震後憂慮這位來自台灣學生是否平安？因為他的學生正在災區中央啊！沒有絲毫消息可提供狀況。於是二話不說，把家存的乾糧、藥品、食用水放在背包，即刻啟程，徒步一天一夜終於趕到現場。天啊！一片狼籍。

塵灰正揚，遊魂漂蕩似煙，倒榻殘屋成土，這不是「死城」一地嗎？能動手挖掘？還是怪手動工？極度傷情下，淚流如雨下，大喊學生的名字。

救難人員看他尋人心切，輾轉告知有生還者正集中在某一臨時醫療場所，又是半天的徒步時間才到達收容處，在傷患名單尋找希望。天啊！看到了學生的名字，也看到他受傷的臉，一陣相擁無言的靜默，兩人哭聲似嬰孩！傳達了人間的情、天地的愛，更重要的是絕處逢生的喜悅。

天地異相無能為力，師生之情永留聖賢，雖然人定勝天不及大地之能，但人類的愛，在互為能量時所鍛鍊的尊貴人性，是善、是真，也是美。

國畫藝術表現的內涵，往往有習俗與諧音的定義，並作為創作者選擇素材的依據。尤其是文人觀點，以學問、思想、品德為象徵的題材，作為他擬人化表現的主題，如四君子畫中，梅花高雅、菊花耐霜、蘭花清雅、竹林勁節的物性靈化為作者情思的表現，並以文人畫的美學為基調，以精純的筆墨創作。

以文化、歷史的內涵，作為繪畫創作的題材，經歷長久的時空，已經有習慣性與共知性的固定素材空格，在格式範圍內守住傳統開創新象。餘此推演，畫喜鵲與柿子在一起叫「喜事重重」；畫柿子與荔枝在一起叫「事事有利」；畫梅花上揚叫「揚眉吐氣」；畫蓮花可以題為「連續發」等等吉祥語，也是歷史文化的美學重點。

有喜有悲，但在人世間趨吉避凶也是人之常情，所以在中國繪畫創作很少不加以篩選的，例如萎靡不振題材、或有不吉利素材時，都會轉換成有希望的內容表現，例如「富貴長春」以玫瑰花、牡丹花為主角，輔以椿樹為結構，或是清供圖都以水仙花、太湖石或桃花作為創作的對象；如萬壑松風喻為仁者樂山，看錢塘水浪為智者樂水，以應「逝者如斯乎，不捨晝夜」的文采。又若以歷史故事作為創作內容，如赤壁之戰、毋忘在莒等等有教育性、象徵性的美學要素滲入。

在「反覆」上述題材中，各個朝代畫家各有發揮，構成中華美學的實踐者，也是大眾生活美感的由來。

擬人化的美感，習俗民風的認知，以及趨吉避凶的創作要素，豈不是審美經驗應有的態度嗎？

·同胞之情

有位旅居維也納的音樂家曾乾一先生，除了在維也納音樂院、歌劇院擔任要角之外，平日亦熱心公益，協助台灣同胞在異國的奮鬥。

他除了是出色的男高音之外，還是柔道四段高手，也是中醫聖手。這裡所指的聖手是因為他不輕易出診，除了醫療規範外，救人救世是深藏內心的職責，也因此凡有重症或西醫束手無策的病，他以家傳的針灸治療，幾次療程後，不僅保命，健康也日漸恢復生機蓬勃。

從此他的大名傳遍維也納，也使他在一段研習後成為台灣的國師，也是針灸聖手。台灣同胞到奧國求診者絡繹於途，救人無數。

名震海內外，不只是病客解除病苦，他的良醫良術被引為杏林之光。這種榮譽、善心集其一身，則人生美妙自在矣！

以上事例提及審美經驗的過程，並非是絕對的美感典型，而是存在於真實生活之中。若能用心品味，「美」的人生不全在藝術品的創作，應有更為「沁心」的感動與欣賞，不論它是自然景物，因受天候與自然規律的影響而有枯榮變易之美，或做為人性的辨別，即審美力的應用，對人世間的種種社會現象，如「清晨林鳥爭鳴，喚醒一枕春夢；獨黃鸝百舌，抑揚高下，最可人意」的意境[38]，它涵蓋了人情世故與性情舒暢。或是街坊人群，在謙讓中看到秩序；或車輛熙攘中前頭的燈光恰似兩眼精靈；或是街道平順，老人安步，都可以看到人間美滿。至若郊外、田野、山巒、海邊的人情物象，都會帶給審美現場的感動與真誠的存在。

38明．陸紹珩，《醉古堂劍掃．集景》。

美感體驗

「美」是人類所追求的精神指標，它沒有固定的形體，也沒有一定的標準，卻能顯示出與生俱來的生命價值與水準。

美感體驗更是一項現實性與立即性的感應。美的感覺就是美感，若要深一層剝開它的意涵，應該說「美」先有感覺，然後才有知覺，最後依知識的判斷力而產生美的感應。因為它既然「存在」美的事物上，大致都得依上列程序運行。

那麼，美感之終極規律與意義所形成的美學，常常作為藝術創作的元素，或作為個人藝術表現與風格的依據，同時嵌鑲在人生哲學與價值的領域上。美學也是本節欲探討美感體驗現場存在的實際演化狀況，在此沒有探求高深的哲思，卻可作為美感學習活動的方法。

換言之，美感體驗要說明美感的自然現象與人為意象，是否能在生活百態中體驗「美」有演變的不同？還是有輕重之別？這種說法雖然有些工具化與物質化的推理，但「美感」的呈現若失去可計量的客體，完全由想像力所主導，便會成為各說各話的差異，對於想在社會發展引進較為現代性文明的反省，則會有不明的障礙。

美感是在知覺後的情思判別，因此會有不同層次的面貌呈現。在此，我們試圖以下列主題談談生活美感體驗事例。它是平常的、也是存在的事實。

庶民生活

庶民生活，亦即一般美感呈現其輕重、深淺度的指標，茲以食、衣、住、行、育、樂的必需性為主旨，同時可列為國民生活幸福與否的重要依據。

事實上，很多人並不太清楚「美感」存在生活裡，也不會探索美感來自何處。但生活中最容易辨別的美與不美，可以從「民以食為先」著眼，食品充裕滿足人的生理需要之後，才講究食物的味道！台灣小吃，美食精味，食用過的人，想起來就會有垂涎三尺的企盼，內心感受到滿足與幸福，這種在巷道、夜市邂逅的美感，也成為揚名國際的台灣品牌。

衣服之美感來自身分的區隔，如少年衣錦華麗、青年著衣如虹彩、壯年貼身灼灼，而老人的顏素色青等等，合宜的服飾設計，帶動台灣街頭巷尾的一片燦爛光點，至若服裝設計師揚名國際，更掌握人類錦衣玉食的滿足。行之通暢，住之安穩，尤其是「社區」互動的空間與造境，行走街道之方便，住家之舒適，所構成之環境景色，都會產生美感，這些建築更是藝術創作極為重要的美學詮釋，加上育樂活動所營造的氣氛，是庶民生活中所鋪陳的美感。

有關生活美感，有幾個事項說明「美感體驗」的真切性。例如利用家人的生辰紀念作為全家慶祝的主軸，其樂融融、其美如斯！又如運用每年的節令舉辦各項婚嫁，有信仰、有榮譽（家聲）、有事業，若能出類拔萃、登峰造極，心中必有榮耀，亦存美感矣！

家人、朋友可能利用假日結夥踏青，到風景區、遊樂區蹓躂半晌，除了情感加溫外，來自品茶、品花或是增強閱歷並印證生活的知識，必可豐富人生，開拓眼界，促發生命的激素。這種現象就是美感體驗的現場，真是「俯仰天地清一片，人間友意情萬端」的美意延年了。

節慶活動是一般庶民最容易接近的現場，當某一慶祝節目上演時，不論是跨年煙火、國慶煙火，或是神祇繞境，以大型活動作為人氣指數的設計時，那些光鮮明亮的火燄會使人剎時聚精會神、熱血騰沸，一時手舞足蹈、好不快活，這個快活就是美感。雖然它的來臨有些矯情的炫麗，但美感演變來自視覺、觸覺、感覺所發生的心理現象。

人不能天天工作、夜夜埋首用功，他必須在群性中保持與人互動的機會，或作為休憩的片刻，在這些「空間」下，如何看到希望，休息中思考未來前途的過程，餐與節慶應該可以紓解過於繃累的情緒，在這一緊一鬆交替之間，生活的品質便提升到較理想的境界。

我們看到台灣每年的春節，在風景區、廟宇或紀念廣場，有千千萬萬的民眾參與主辦單位為大眾舉辦的活動時，那份「熱鬧」的興奮，可以激發人性趨吉避凶的意念，並會在比較多寡得失的心情中，有更多的計畫與作為。例如大甲媽祖遶境祈求國泰民安，尤其使民眾「心安」，亦可增加人情溫度的提升，包括善心佈施、行善美感的參與。又如台灣燈會，每年都有將近一千萬人次的觀光者蒞臨現場，欣賞燈籠創作這種結合科技的文創產品，現場萬頭鑽動的熱鬧表現，都會使人暫忘煩惱、迎接希望。

就消費商機無限而言，人們需要精神重整時，在這種「輸人不輸陣」的心情下，有一種朝善避惡的積極活動，是一種熱情、希望的理想與美感。雖然它需要有沉澱的時空作為生活思考，但人不是「鐵打」的，在節慶休閒時，有個較為興奮的情感的情緒抒發，是為了走更遠、更長的路程。

心靈教化

美是心靈充實與感應，美感是人對於現實反應所積存的情感重量。其中作為「心靈」活動場所，是美感體驗的現實。

心靈教化所產生的美感，接近於倫理、知識與道德修練的同意詞。例如古有書苑作為修習學問、品性與禮教的場所，在這裡講學的老師，有「師者，所以傳道、授業、解惑也」的責任與功能，那麼，接受教學的學生們，不論是私塾或公設學堂，讀聖賢書、行禮義事，以社會安康的目標，即所謂的「誠意、正心、修身、齊家、治國、平天下」的發展程序，每一階層、每一目標都達到時，美感必然隨之而至。

目前台灣對於百年前的鄉學或私塾的書苑計有百來處所，當走進門庭時，仍可體會出書香門第、誦經讀禮的悠悠之感，而且能在弦歌不輟中，傳承了文化光輝，對於歷史文化，知識品格都有一份信心指標。信心就是美感，有美感就有心靈教化的功能。當前台灣學校之普及並及社區大學的成立，都是心靈教化的場所，除了正式教育外，作為社會教育的社教館或公共圖書館，雖然在閱讀方式有所改變（如雲端、數位化），但以台灣的圖書館設立之普遍，對於人性之涵養、人情之靈化必在「富而好禮」中，修習豐富的成果；在心性休養中，讀書之志、或心靈合一的行為，圖書館之於學校外的「自修」，往往超越意象與物象外的靈性。

閱讀可以聚集各類知識、可以選擇所要的智能、可以判斷真理與否的功能、更可開拓心胸放眼天下。這種改變氣質而傾向美感的動機，依美學原理來說，美感存在主觀判別後的客觀形質中的素質、屬性。希臘三哲的「價值觀、形上理念與經驗的反覆」，似乎應該在閱讀領域上尋求真實。

閱卷有益，讀書可富有、可富貴的說法，都存在學校教學、教學外的閱讀場所，除了家中的自修外，圖書館豐富的藏書提供了無限的希望。希望就是性靈昇華的具體目標，也是美感體驗場域。

再者，心靈教化之於宗教的影響，在台灣除了佛光、慈濟、法鼓、中台、靈鷲等大型佛教聖堂，每年有數千萬觀眾、信徒接受心靈教化，以慈悲為懷、普渡眾生的大大小小的佛堂，亦具有靈性修身外，對於台灣小型廟宇、道觀分布之密集，可說是全世界最旺盛的地方，計有萬餘處提供民間信仰之處。

當眾多人民都以「神祇」作為信仰崇拜的對象，若排除迷信，精神受到神靈的感化或教化，成為台灣美感的場所。台灣分布各鄉鎮的廟宇，供奉的主神大多是歷史上對大眾有功績的聖哲為對象，如關羽、土地公、林默娘或傳說中的玉皇、玄天等道家神祇，大都以道德、善行、服務、普渡眾生為目的，正如美學神祕主義中的「至善」、「至靈」是心靈教化成為美感體驗的重點。

其中每座廟宇所提供的崇拜標題是勸人為善、勵行儉約、以善為宗，台灣社會的宗教信仰與制式的教育機構同等地位，甚至可作為終身學習的據點。心靈教化是美感的核心，且是移風易俗的第一線。

藝術聆賞

藝術聆賞活動包括參觀畫展或藝術表演。是直接具有美學知識講究的美感體驗，好比看一位大畫家的畫作，必受到他創作時的背景、文化層面以及作品形質美學要素，如構圖、色彩、筆法或技法等，正如艾斯納「藝術中的教育」所探討的對象，就是繪畫藝術的美感體驗，是內容？是形式？還是創作中的情思濃度湧現，可以感動人心的風尚，假如張大千的畫從細膩功夫的展現，到大氣磅礡的潑墨山水，加上他的文學詩詞、歷史文化的涵養，所醞釀形成的美感，是直接而文質彬彬的文化體；至於市內設計或平面設計的實用性美術，對生活也直接提供美感元素，使大眾得到生活品質的提升。

若以表演藝術而言，如具國際聲望的雲門、優人神鼓、朱宗慶打擊樂、明華園、現代劇場的表演，不論是舉手投足都能表現「優雅」姿態，只是「優雅」的認定則在觀眾自學經驗的判斷，即所謂的審美力在於學習與感悟中成長。但是參與表演藝術活動，就美感體驗來說，則是可以分析其能量呈現的意義。

例如打擊樂的表演，可以依據它的節奏、聲量，加上鼓手或與舞蹈結合的表演，對於觀眾來說，它是震撼的、激揚的，也是興奮的，就美感體驗，正如畢達哥拉斯說：「數的和諧就是支配一切生活現象的客觀規律性」，在音調、節奏被調整成為音樂的美感時，不論如斜風細雨、露柳滴水的靜謐，還是如雷聲隆隆、震耳欲聾的撼動心緒，在節奏中跳躍，在悠揚中起舞，所營造的氣勢為天籟增色，更能擊發生命激盪的心情，得有氣壯山河、聲如宏鐘的現場情境。

乃至音樂劇或舞蹈表現，其所詮釋之藝術，常在靜默中自內心滋生情感，看胡桃鉗舞碼、天鵝湖的演出，或如百老匯式「老師，您好」的表演，著實有「幾條楊柳，沾來多少啼痕；三疊陽關，唱徹古今離情」的心情湧現。其他如民俗劇坊，以歷史民間傳說為背景、現代劇以人間至情為主題，其目的都在發揮人間至情至性的教化作用，沁入人心的情思，無能說明它是屬於哪一層級的感動。

旅遊體驗

旅遊就美感體驗來說是一項頗有「感覺」的活動，旅遊就是「讀萬卷書，行萬里路」的經驗，也是「眼見為憑」的真實。

旅遊的目的，印證古今中外歷史，知道各地奇風異俗，而能產生心中「發現新知識」的喜悅。美感自此滋長在自然景觀、人文風俗、藝術見證的現場。好比利用出門踏青，可以看看「陽明山花季」的盛況，或到北海岸欣賞巨浪擊石所漾出的浪花、或看見廣闊的海面，讓人有種「海天一色，到眼即可舒嘯」的愉悅；或訪友敘舊，說說當年糗事一堆，今朝笑語千條的解放，若有幸運能約個三五好友，提些許有益餘年的春花秋月，豈不快哉！

當然旅遊之間所感，如出國訪勝，必有目的景點，好比書本記載南京古城曾是江南第一大城，也是歷史上名都，如何能親炙山青水秀？如何看到「貢院」在科舉時代的壯舉，又如何能印證秦淮河的浪漫：「朱雀橋邊野草花，烏衣巷口夕陽斜，舊時王謝堂前燕，飛入尋常百姓家」（劉禹錫）。舊巷仍在，景物依稀可感，在熙熙攘攘中，使人邊看邊想，當年鍾山春曉、紫金山嵐，有股悠悠情思，會心看過往。

旅程中看五嶽、看三川、越秦嶺、入天水，自然景物壯麗、人情綿延千秋。現場有舊觀，不論是英雄豪傑赤壁較勁，或文人論古說今，一種滄海桑田的感傷油然而生……這種旅遊是否使人感慨：「幾點飛鴨，歸來綠樹，一行征雁，界破春天」的心結呢？遑論官闕文章論世，戲曲尚續傳承。

自家修習文心史冊，從家門出訪，由近而遠的旅遊，以現代生活條件從琉球、日本、韓國、大陸等東方國家的文化景觀，當你四眼相觸時，似曾相識，或「禮失求諸野」，發現文化原來如此流動的機能，或有人會多此一舉說是某學派滋長在異邦而沾沾自喜，應該要有「文飾在生活」的真實。所以在發掘新視覺的同時，時代遺落人拾起的同時，更覺驚覺自我感受的那份美妙。

四海一家的觀念，當下是很容易體悟到的現實。可能在幾十小時之後，就可能環繞地球一圈，而且在北京、東京、巴黎、倫敦、紐約、台北等等還可能與好友會面，雖然在科技的世界裡，有更便捷的會議任務，但作為文化的旅遊者，目的在文化休閒，也在增進自己的見聞，把別人的優點文明作為學習的對象，在去蕪存菁比較中，哪些文化藝術是可感應的素材，可作為美化心靈的媒介。好比義大利的衣飾設計、巴黎的時裝香水、柏林的科技產品、或是紐約的企業、銀行等等特質文化，對旅遊者是一份驚喜，也是一份美感。

人類的社會改變，原本就有文化水紋的浪波，如何在互為平衡的現實生活求取最好的待遇，這就是人類追求美感的場所。當馬可波羅的「東方見聞錄」風行歐洲，把中國文化的精華介紹西方時，引發歐洲人的瓷器藝術、飲食藝術等等文化特色，都是旅遊者的美感體驗事例。

展覽場館

博物館事業的勃發，是美感體驗最多元也最精確的學習場域。包括各類美術館、藝術館的設置，不僅是近世紀來的顯學，也是作為教育、保存、研究、展示文化的場所，更是作為一個地區或一個國家行銷功能的媒體，也是觀光資源的首要景點。

據資料顯示，博物館與類博物館（包括集會中心、紀念堂、墓園、教堂）是觀光事業重要的文化財，英國每年因觀光客湧入，每年有五百多億英鎊的收入，其中百分之四十的觀光行程是以博物館作為旅遊中心。美國、德國、法國的觀光產業，也是以博物館作為亮點。尤其近半世紀以來，包括中國崛起的新博物館有增強營運趨勢，就是以博物館功能的發揮，可以提供教育、文化與社會發展的資源，而且可以反覆運用，且有更為深入探求文化性的積極層面，對大眾生活品質提升，具有絕對性的影響力。

博物館展示品是經過研究、考據與生活藝術結合文化品味的場域，它提供人類最具生命價值的「實物」，以印證人類歷史發展與社會現象，不只是作為教育資源，更作為文化傳承的情思。若能還原過去，甚至百年、千年前的歷史狀況，它的文物美學張力無與倫比。因此，博物館的策展，必須在精細巧思的藝術性佈置上有令人驚喜的設計，包括展品陳設、動線規劃、圖錄解說或多元性的教育場域，都要有傑出的表現，才能感動觀眾。

因為博物館展出文物品以超凡入聖的表現，對於「藝術」設計是相當講究的專業，無論是屬於自然科學，或是人類考古、生技醫學為內容，它呈現於眾人面前的場景，必須有「藝術」性的感染，標示出美感體驗的造境，才能傳達展示品高雅的氣象。

我們已知道國際間以博物館作為觀光景點，而且是行銷該國文化水準的媒介體。但是對博物館之所以吸引大批的遊客或民眾，其重要理念在於博物館展品，在非營利事業下，是服務社會、發展社會的事業，有助提高大眾生活品質，以及國家形象的建立，其中「美感」深植在展示品中，散發出一股悠悠之情與人類智慧靈光。

在這種氛圍下，參觀博物館的民眾，應該會有更高、更遠的理想與抱負，諸如向歷史學習，對於文物品「存在價值」有一份神祕的思考，感染一份好奇與探求的動機、面對展示品的認識。其中，有因時空不同的距離美、有因風俗不同而有「差異」的美、還有因工法超群造型精緻的工藝美……。展覽現場提供藝術性的布置或文物品的真實性，是個永續不斷文化傳承的美感。

或許可以引述我服務於國立歷史博物館期間，一九九九、二〇〇〇年時的兩次展覽為例，說明觀眾在參觀博物館展覽時的美感經驗，也就是體驗博物館美感現場的情狀。

一九九九年是「牆」的展覽，研究人員在館務計畫下進行一年左右的策展，包括學術研究與圖錄印製。把時間的「牆」因是新世紀開始必有「時間的空間性」為開端，再糾合空間因不同時間（歷史）所間隔的實「牆」作為視覺藝術的主軸，於是排除萬難（這是博物館的重要工作）把萬里長城的古牆、以色列的哭牆、柏林圍牆、台北市的「老牆」分別從歷史、文化、政治與美學、藝術的角度切入，並就社會發展的現實，提供觀眾有更廣泛理解人生價值，並借之為再生力量的反思。這份計畫精細的展覽，獲得國際教育界、博物館界的好評，也感動了參觀的民眾！

二〇〇〇年是「兵馬俑」秦文化特展，在三個月裡有一百多萬人次湧入狹小的展場，並不只是好奇秦俑的出土，更重要的是將臺灣文化與秦文化的關係融入歷史文物與民俗教養的場域，包括在台灣傳承秦文化中的北管、故事或小說中的封神榜，如習俗認知、軍事統御、布袋戲碼，以及工藝製作等等，形成一脈相承的文化鏈，使不識字的阿公、阿婆也想來親炙二千多年前秦始皇統一中國的風采。很重要的「貼心」措施在於文化商品的行銷信任，結合展示教育的氣質，讓這個展覽得到國際博物館界的注目。使秦文化在台灣社會受到一次再生的機會，令人感動排隊三小時左右的民眾，默默承受一份文化美感的洗禮。

上述成功實例很多，博物館功能的美感體驗，是很值得提倡且為高層的美感教育場所。

無所不在之「情」

「情」字的美感體驗，更是不具形式的普遍存在，有如空氣、水、陽光的分布，無所不在的瀰漫在生活的四周。上述六項美感體驗只是舉其大要，真正美感存在「情」字上的推演，則是人性本質的真實面貌。當然本文只是提供些許「素人」感懷，並沒有從學理作深入的剖析。或者說在滿眼花海、煙火熱鬧的世界裡，本文僅提供一些小草成長、成一大片、成田野、成廣漠的草原中，看到它涵養大地生命之水源、或大樹成林後的蔭涼遮人的意義。

好比說：「黃葉無風自落，秋雲不雨長陰，天若有情天亦老，搖搖幽恨難禁，惆悵舊歡如夢，覺來無處追尋」的「情」字何以名之[39]。

「情」來自生活的需要，包括生物中的交配驅力，其強度令人無法估量，換言之，情感源自「性」愛，不由自主地追求異性的動機，超越自己原可判別的知識範圍，傳宗接代的生

39 北宋．孫洙，〈秋怨〉：悵望浮生急景，淒涼寶瑟餘音。楚客多情偏怨別，碧山遠水登臨。目送連天衰草，夜闌幾處疏砧。黃葉無風自落，秋雲不雨長陰。天若有情天亦老，搖搖幽恨難禁。惆悵舊歡如夢，覺來無處追尋。

理需求，力量大於生命的維持，所以「性」不學而能，原性沒有任何人為的阻擾，可說是欲所欲為。也因為如此強大的自主能量過於原始，當人類有社會意識後，由「性」而情，由「情」而美的演化，才產生昇華節制種種約束。

有了社會規範，「性」愛外的「情」愛，才有愛情、親情而後「人情」的程序，成為藝術創作的主要根源。所以羅密歐與茱麗葉、梁山伯與祝英台、孔雀東南飛等等淒迷的愛情，才有英雄愛美人的詩篇，其中，神話中的倫理教化等等史詩傳誦。

就文學而言，描寫男女愛情「不愛江山愛美人」的事例古今中外皆有，只要翻開史頁，事跡斑斑的故事，都令人感嘆不已。

就繪畫而言，西方的人體美，如米勒的維納斯石雕、或更接近現代藝術的超寫實的人體描繪，以及東方的女史箴圖、或是與文學相關的唐宋時代的仕女圖，都以情愛做為讚美人生的詩篇。

情愛來自性愛，性愛昇華為倫理、道德的制約成為愛情故事，就是美感體驗的現實，也是人類生活意義與生命價值的原相。其中包括名譽、成就或價值的衡量與比重。

美感體驗，因人因時因地而變易，亦隨人隨時隨地而產生不同的詮釋。

藝術家

藝術家，一般來說，指的是可以繪畫、音樂、舞蹈的人。深一層推究，則應該說，他們在視覺藝術、表演藝術、綜合藝術有創作力的人，好比一處令人感動、氣勢雄偉的建築，不論是居家、教室或公共場所，它要注重環境的選擇、生活的方便、或空間應用的舒適，在室外種植花木的庭園設計，或交通道路的流暢；在室內則有精美的傢俱佈置、或有傑出的畫作懸掛，以及生活用品的陳設，包括做為可品味人生的書房等文學作品，或可精緻的服飾裝飾，利用於建築相依存的雕塑品，以及可演奏音樂、附設的舞池等等設計者或創作者，就是藝術家。

掌握美感

藝術家的稱謂，是有成就的創作者，以及被眾口鑠金的大眾所認同，不是個人自我吹噓、或自我誇大為藝術家，那麼要被稱謂的藝術家，他的名號與任務，看來有些嚴肅與條件，才能被社會所尊崇。

因此，藝術家對於藝術品創作，是否都具備某一層級的條件或某一內在的修練，才能造就藝術家的價值。換言之，藝術家有美感的敏感度，也是美感呈現的催生者。從常理推演，凡被尊為藝術家的人，對藝術美學有一定程度的認知與主張，才能在作品表現出獨特的個性與不凡的風格。但近代美學發展，從古典主義到現代主義的演變，藝術美不全然有「美感」的成分，有人甚至主張放棄形象的出現，包含了抽象藝術的表現，完全以符號或實物的圖騰代替筆墨與色彩，說是概念重於形象，思考重於情感云云，使藝術家必然有美感滋生的創作，重新以「雲端」時代另類思考。

對於美感成份多寡之於藝術家在創作時的應用，在此仍要以傳統美學中的說法，赫伯特·理德（H. Read）：「人類很自然地就會對訴諸其感官的物體、形狀、表面和實體產生一些反應，其中某些比例上的安排會為我們帶來一種愉悅。」反之則產生陌生與不適的茫然感，那麼藝術創作者，或被稱為藝術家的人，他們在創作時的一些感應或主張，就是他們對事物所持的「美感」多寡成份而定。若將這些美感因素擴大審視，傑出藝術家的藝術風格表現亦取決於美感成分的掌握。

儘管新世紀的藝術創作，不全然是美的，或作為心理因素的誇飾，就美感審視立場，除了有不同解釋與方法外，內容是思想，形式是情感的互為表裡中，美感的範圍恐怕就有更多元存在的省思。

藝術家肯定人類情思方向的力量，使人感受到作為社會一份子受到理解的情感，即便是以藝術品作為實際的具體、成績、貢獻了人我之間以知識傳達符號，並具備了社會意識中的時代性意義。

基於藝術家是美感嘗試者、也是創作表現者，在此試以繪畫創作為例，或許能更進一步了解藝術美與畫家之間存有一種創作引力的關係。讓大眾在探索美感有份更具體的內容呈現，也是欣賞藝術作品的重要門檻。

就藝術表現分類來說，西方繪畫成為主流藝術前，有關建築與雕刻是生活中很直接感應的藝術造境，從古典主義到現代主義的藝術發展，中間有很多的流派衍生，在這裡不強調建築是否在巴洛可或洛可可風格陳述，也不以藝術史中的浪漫主義或寫實主義，甚至從印象畫派、野獸派、立體派、矯飾派等等史實繪畫藝術的發展，而是從少許畫家的創作，看看能否從中審視藝術中能了解「美感」成分。

西方畫壇

首先，看看一些耳熟能詳的西洋畫家。

雷諾瓦（Renoir）的畫，通常是生活中與自然物象相關的題材作畫，他雖不以藝術家頭銜，卻以「畫家」身分力求繪畫者與被畫對象的和諧，其中人物畫面，以細膩筆法將人體色調和成日常生活中的溫暖色溫，如浴女、芭蕾舞者等畫作，一種圓滿與幸福的氛圍來說明繪畫美感景象是音樂與溫和的色彩。說明雷諾瓦的自然生活在於一種可知可感的視覺現場。

塞尚（Cézanne）被喻為現代繪畫之父。在普羅旺斯的畫室仍然擺著他回到畫室所應該思考的色彩、圖式或素材，他面對山川園林所提供的素材，並不能滿足他想像中的永恆圖式，雖然他說可否把視覺對象規劃為圓形、錐形或立方體，並實踐「改造」自然的感覺，他認為眼前的不一定是真實的，而大自然才是永恆的，美在變與不變之中。

馬蒂斯（Matisse）是野獸派畫家，他以極寬闊眼界看世界，以強烈對比色調畫出畫面的粗曠，以重色粗線構成屬於以線構成的單純畫境，在原色與純真不失自然造型創作渾厚的視覺美感，所提倡的色彩對比與抽象造境，是其他畫家想跟進卻又猶豫不前的開啟了現代畫風格的先驅。

梵谷（V. Gogh），這位極為悲劇性格的畫家，從事繪畫工作只有十年的時間，但在之前的「人道」服務工作，包括對社會弱勢的同情，以及自己的救贖心靈過程，已注入了社會熱情與憧憬未來世界的真實。他不斷觀察與研究，並從自然與人生所交織的圖像描繪，在數千張的素描嘗試與灰暗色所畫出會動的樹林、平原、物象時，他以「造型的強度、色彩的純度」表現人世間的現實，往往是人形扭轉、彩雲迴盪、地熱上升……的強烈畫面。

高更（Gauguin）一直與梵谷列名的後期印象派的藝術家，經歷與梵谷的貧窮生活互異，在他有閑有錢的環境下，他以生命內在的需要來觀看過於繁華的社會，所朝向原始樸素的大溪地的動機，成為他在畫面應用原色，如紅、綠、赭色的造景，把人物、樹林或原始裝扮成為具有裝飾性的粗曠畫面，他描繪物象的本質、意向的倔傲，美感在畫境得到高亢的熱情。

畢卡索（Picasso）的藝術造詣活躍在二十世紀，影響無數類的藝術類項的創作，當他提出「我在哪裡」或向張大千說「你的畫在哪裡」時，便明白他主張自我個性的抒發與社會創作的自由。好比他反對戰爭，畫出「格爾尼卡」象徵抗暴畫作，他贊成社會平等的共產社會而同情共產黨，卻為愛一位女性而追求對方時，設計了畢卡索門檻，並大量繪製類似中國文人畫的寫意陶藝品……等。從精細寫實到立體派、機械派，現代繪畫的演變，並以非常自信地說：「畫就是我，我就是畫」的宣言，他在美感表現出個性、情感與思想，是時代的精神，也是現實的符號，造就二十世紀各類畫種的出現。美是純粹情思的映現。

其他的西洋畫家如孟克、夏卡爾的夢幻與心理寄情，或是盧梭的自然主義，以及更多的藝術家，例如羅丹雕塑中的內在力量，或是阿孟的集合藝術等等都是引以為新浪的流動力量，美感來自生活現實的品嘗精華。

中國畫壇

乃至東方藝術家，以中國畫家為例。眾所周知的范寬的谿山行遠圖、郭熙的春山圖、李唐的萬壑松風圖等所表現的繪畫藝術，達到中國藝術美的極致；其他如巨然的秋山問道、黃公望的富春山居圖等等風格，已由純粹繪畫轉變為文人（意象）繪畫。

兩股繪畫的發展，就是寫實與意象美學的分野。基本上象徵、圖象與表現（個性）成為中國繪畫創作的符號。不論以老莊美學作為主題，儒、釋思考的滲入，更成為中國文人畫美學的基調。好比張擇端的清明上河圖，以精確寫景為主調，但寄涵在筆墨之下的城鄉生活在於靜、定、安、慮、得的氛圍，有一份「禪」意在畫象之外。其他如徐文長的水墨畫，或陳淳的花鳥畫超越寫實（院體）外的象徵（文人）意涵，包括明、清兩代的畫家們如石濤、八大山人等名家，已經完成建立中國繪畫風格的特徵，如石濤以一法說強調道家自然能量與人為情思結合、八大山人的空靈之於畫面簡約，有心理領悟於造境的情思結構。

直到清末民初，大量西方藝術引進之後，東西方藝術更接近於藝術家個性的抒發，例如畢卡索的畫，與齊白石的畫，雖然以不同材質作畫，但符號的象徵，就是美感的宣示；雖筆墨不同，已漸進於由線而面的簡明創作，已有很「現實」共識美感。齊白石以現實物象，如小雞、小蟲或魚、蝦、蟹、草、花為創作對象時，以兩隻小雞爭食，題上「他日相呼」，以橫斜螃蟹為畫，題為「看汝橫行到幾時」時，他不是以物象為主軸，是借象表意，甚至「得意忘象」（王弼）美學觀。

事實上，中國藝術的源流來自東方的神祕主義（印度）、與中東的符號象徵（波斯）的結合，再以中華文化中的儒、道、釋的融入，包括文學、詩歌、音韻或梵音，以及彩繪與色彩的應用，在近代藝術創作表現出一種含蓄、隱密、溫潤、愉悅的氣象。換言之東方美學所主張的性靈合一，得意忘象，「師法造化、中得心源」（沈括）的美感意涵，更甚於材質爭論式的選擇。

就工作經驗所及，台灣畫家的作品，均有很深刻的美學挹注，才能表現出不同的風格，作為繪畫美創作的要素。

例如范洪甲的油畫，以野獸畫派的熱情、濁重的筆觸創作，表現強烈色彩的藝術作品，觀賞者可以感受到他自信的個性與美在生活的力量；或李梅樹的寫實自然主義，以台灣鄉土人情為創作題材，把台灣的色彩、溫度、陽光融入在作品上，他說：「咱的土地、咱的感情」的社會意識，他掌握了台灣風格的展示；廖德政鄉土繪畫情結，以反覆思考、精緻筆法，在美感造境中，他看見台灣土地鄉情勃發力量，在層層微小綺麗匯集下，有更細密美感層次表現；洪瑞麟更以基層社會人物為表現的對象，他認為勞動的人民是藝術美學表現，以礦工作業百態的神情，作為他內心深層的同情，化為大眾積極性生活為重點。

又如高一峰以漫畫式的簡筆，表現蕭夙遠遙的畫境，與張大千以氣勢充滿畫面比較，前者式筆墨乾坤、藏意於象，以少勝多意在筆先的主軸，是一種文人寄興之美；而後者以傳統文化為經，以現代性之視覺經驗為緯，經緯交織在作者的創作生活化藝術機能，才華、學養飽滿的繪畫藝術，跨越時空，文化美、哲思美，張大千美感給了時代與歷史；台灣水墨畫家中的陳敬輝、陳進，除了具備純熟的技巧（大部分工筆畫）外，對於生活環境各個可描寫的對象，選取與畫作有關素材，均以精密的繪製，使畫面充滿現實生機，其畫作美感要素在於當代性的視覺共鳴，所表現的人物畫栩栩如前，把台灣風土人情活化，其藝術美學在於生活、沉思與土地熱愛。

藝術家的美學依據

藝術家的創作必有其美學詮釋，美學則在美感承受後表現於作品形質的總合。換言之，藝術家創作過程，美感存在於創作之前，所以前述簡略的中西傑出畫家，他們秉持著個人的學養，情思與美感因素創作令人感動的作品，而且成為藝術創作的行動力。

茲有幾位師長在他們作畫期間所揭櫫的美學依據，略陳於後。

第一位黃君璧教授。這位生長在大陸與台灣的大畫家，經歷了時代的變易，環境的改變，諸如戰爭、逃難或居住選擇，也處在舊傳統與新世界的時代，他以敏銳的眼光與科技（如攝影或旅遊）應用，使自己能在讀書之外，行遠路的身心領悟新視覺的經驗，把中國繪畫從制式的技法應用，如皴法、樹法、雲煙法的傳統、或是佈局、色彩、水雲的描繪，擴為新經驗的境界再造，如放大水勢、活化雲煙，並依照光源方向畫出陰影，而不是完全以陰陽作畫。

他的美學觀是「寫生與現場」的結合，把視覺從傳統的技法、風格轉向現代性的景象，並化為新意象的新結合中，開創有如攝影式的真實，並且在筆墨應用上不失為中國繪畫「六法」中「骨法用策」與「氣韻生動」中求取全新的視覺經驗，作為藝術創作核心，開啟中國繪畫創作的新生命，雖然詩、書、畫仍然共同在畫面應用，儼然成為畫境的提神作用，亦即以文作詩、以詩入畫的傳統，加上以大山大水大氣勢的現場為文本題字，開創具有現代感的新畫境。

第二位林玉山教授。台灣本土畫家，除了家學淵源外，赴日本學習繪畫的體驗，不論是戰前戰後在「南畫」的要求下，學習詩詞漢語，或源自中國繪畫的川合玉堂等日本名家，他體會了水墨畫寫生是鞏固繪畫創作的基礎，而筆墨法則的應用則是畫作能否達到完美的技巧，所以傳統的畫風與新經驗的素材，成為被重複演練的工夫。

寫生是他創作前的必要功課，寫生是生態觀察與結構的講究，尤其「生」之慾的張力，在他的自我要求下，比之宋徽宗的院體畫更為嚴謹。美感應用在畫上的完善，絲毫不能有任何差池。其中包括對人情世故的關心，以及歷史社會事件，都是他取材的範圍，他說可以「得意忘象」，卻不能不在「中得心源」真誠對畫作求「真」，並對作畫態度求「善」。他的寫生論在「生」、在「心」的動機，使繪畫創作充滿生機。

第三位是傅狷夫教授。從小喜愛在書畫研習中國藝術精神，在縱橫時空長達七十餘年的創作生涯，從傳統臨摹到新境的嚐試，以及走過大江南北，他始終守住創作的「規矩」如筆法、墨法、佈局法等，在陳之佛，與畫友們切磋下，以石濤的有法於無法，「縱使筆不筆、畫不畫、墨不墨，自有我在」馳騁畫壇，在順乎自然、隨遇而安、自我操練，包括創作技法與畫境開創。

他也主張寫生，在海邊看波潮，體悟翻覆水波旋轉，一天、一週廢寢忘食；登阿里山看雲海，赴塔山看高峰峻嶺，當雲海波浪依四季浮動時，或驚濤駭浪拍岸時，所悟出的積雲法、或水浪法，以及裂罅皴應用在山石畫法時，使畫面增強新興的生態，成為傳家水墨畫法的宗師。

第四位鄭善禧教授。一位幾近哲學家的畫家，事實上是位明心見性的藝術家，豐富才華以中華文化為宗，佐以國際現代藝術思維創造新世紀、新視覺的繪畫，既可表現生動氣韻，亦能深植人性的藝術品，在藝壇上可歌可感，令人反覆品味藝術美感，竟然如此溫馨有味。

基本功夫是鄭教授常懸理念，諸如素描能力、寫生觀察、名家造詣、歷史文件等等素養，以及時代洗禮，包括文化傳承、民俗記憶，或時代變遷的圖象，鄭教授說：「我寫之時代國畫，就是要以民藝內在配合文人的靈韻，文質相和則是也」，並且以「質樸」作為創作的美學觀。

筆者曾受教於鄭教授，他常常耳提面命，說書法是學問，也是文化資源，民間習俗是情感，也是生活現實的需要，而國際間的藝術美學來自新視覺中的力道，包括點、線、面與色彩的有力應用，都是給予創作力的要素。因此，讀書、取法手上的思考，以及實際行動看東方志功、畢卡索、或石濤、八大的美學表現，在民情與傳承、時代與環境取得，豐富他創作的題材，綜造新文人畫風格。

第五位蔣青融畫梅，成長在中國戰亂時期，對於民族性格特別堅守，諸如愛國、堅忍、奮勤均受傳統文化的影響，尤其在儒家的教養、道家的自然，以及禪境的體驗，都成為他日後繪畫藝術創作的養分。

因為欽羨古人的瀟灑，今人的貢獻，大至陶淵明、蘇東坡；小至販夫走卒的愛心與奉獻，他無所不關心，常以「疏影橫斜水清淺，暗香浮動月黃昏」的梅魂來自我調適環境的坎坷，勸勉苦學的學生要有「未經一番寒徹骨，那得梅花撲鼻香」的志節，所以美感應有「獨鳥盤空」的高遠與自信，才能創造藝術的新意與美學。

所以他畫梅花，以運筆墨如打拳迂迴，促使線條如人性之親和清晰，佈局則要首尾照應，留有空間與時間反芻藝術在於視覺的順暢。以人格畫格，靈化物象為意象的禪化與昇華，默然則澄靜，不言則語深的美感呈現。

第六位金勤伯教授。一位飽學中西文化的大畫家，對於傳統中國繪畫藝術美學的深度造詣，就六十年前來台的畫家們都會感受到他的家學淵源，以及他負笈西方學化工的經歷，為人謙和親切的態度，均令人欽羨。

他畫傳統花鳥工筆畫，也畫山水樓閣的「金家山水」，因為他的伯父金城就是北平畫派的開山祖。在這種充滿文化氣氛的家族中，除了他的母親教工筆，金城教山水外，豐富的收藏品，也是他學習的對象。

有這樣亮麗的學習背景，又得文化畫境中的學問、思想、品德與才情的展現，看到他的畫，就有一種「春光濃似酒，花故醉人」的感染，又得「幽心人似梅花，韻心士同楊柳」的雅緻。畫作既是黃筌傳神，又得徐熙雅逸。

作為他的學生，上課時的心境，無法形容斯時的興奮，是一種筆墨揮動春風化雨的溫馨，不論是講述繪畫歷史的時空背景，有如古人生命甦醒的驚喜，或是畫面出現不著雜念的純粹造境，美感如空氣散佈在人間，融合人間新生命。

其他藝術家的創作思想，即為他的美感呈現，也是建立繪畫風格的憑藉，以一句「情思圓滿、筆墨隨心」的「心」來說，它指的是知識、思想、才華與品行，是知識份子的學養，也是藝術創作經驗的原我，至於自我，超我，則要有「耳目寬則天地窄，爭務短則日月長」的心性，以及擁有持靈入性、心到手到的實踐力量。

藝術家必為時代的發言者，也是環境的刻畫者，更是人情、物象與意象的組合者。藝術家傑出的藝術創作，是才華，也是責任。何能不兢兢業業呢？

那麼，藝術家對於創作是否得其真以應性，求其善入人情，美感不言可

餘話

美感探索經緯萬端，在陳述人世美妙、希望自在的同時，照理也得描述一下與美感相悖的「醜感」，其中為惡作端、詐欺拐騙，或是強取豪奪、傷害無辜等等美的反義詞，是不美的事件，但想到黑色、灰色或無端起浪的破壞力，心頭就有一種被壓迫的窒息感，提筆想寫也無法描述它。雖然也看過厚黑學、潛規則之類的書冊。但是下筆時「寧為隨世談陽光，不以小惡習為常」的想法為主旨。

所以，對「美感」之外的醜態，希望以此書所描繪的「美感」為良藥注入，療癒人間病疾。集「佳思忽來，書能下酒；俠情一往，雲可贈人」的隻字片語[40]，以寄人情。餘話如下：

春和日麗，偕老攜幼，尋一處幽靜公園聽黃鸝嚶嚶，群雀吱吱！看林森葉茂，花蕾迎前，再加個晨早問候，豈不美哉！真是「花關曲折，薄霧輕拂，草徑沾露，新葉但敲心扉」的時刻，花兒是愛，草青是靈，此時心情無塵，近思遠慮，均是舒暢連綿，這是美感迎春、美意延年。

若是戀人牽手，海邊觀浪，看海鷗翱遊，於且沉且浮水波中悟感前景人生，必能相顧會心，然後相擁入情，此時海闊天空，無際世界，便能了解「水浪激盪似戀情，磐石堅硬為誓盟」的堅定。或登山看雲海，橫看成嶺側成峰，高低遠近各不同的景觀。有森森然神木頂天、有萋萋草衣披地，白石如綿羊，澗水忽長嘯，此景此境忘懷人生，淨空心靈的清閒，情緒未起，天籟寬廣自在。

年節將到，一群群勤奮大眾加速勞碌，期能在年關過個好年，在充滿活力與更多收成來臨時，回家圍爐團圓，那怕路途遙遠、街道壅塞，即便深夜到家，在逢迎之間，歡樂一堂，全年辛勞化為幸福眼淚，好不舒暢！然後相聚共飲濁酒一杯，則是「萬壑疏風情，兩耳聞世語」的家常事。啊！倫理之情，人世間尋常事，豈不快哉！

春去秋來，四季依序。外出訪客搭個捷運看秩序井然，博愛讓老、靜音待行。然後尋找名餐早點，雖長龍彎曲的人潮，卻能等待叫號。好個美食當前，輸人不輸陣來個嘗鮮，正如大群年輕人在偶像前興奮尖叫一樣，大喊大叫是心情，而品嚐美食是經驗，也是文化的現實。

人來人往，車輛洶湧於前，中途街燈紅黃綠指揮停看聽後的行動，已經漸漸浮躁的情緒，因為前面有倒計「秒數」明確表示尚有幾秒，這種設施，明示不必慌亂，時間一到就是你可前行的期待，安靜人心，美妙是在行動可以依序前進，這是美感的建造者。又以街道老樹，在層層樹皮如皴法刻痕，是歲月的臉，也是造景藝術的瑰寶，所以「時間」所構成的美感又有多少心理要素！

有個小朋友說：「阿公，土地可以長出蕃茄嗎？」阿公買盒培養土，灑蕃茄種，覆土然

40明．陸紹珩，《醉古堂劍掃．集醒》。

後每天澆水，小朋友天天現場出現，期待蕃茄開花結果。約莫個把月，竹架果實累累，紅綠相間，孩童驚叫說：「怎麼可能泥土可長番茄！太神奇了！」如此愛不釋手，笑臉迎人對阿公說，我長大後也要當農夫，真是「紅玉落嘉南，孩童笑呵呵」。

一群朋友相約博物館見，其中有幾位很少出入博物館的人，聽導覽員講解夏代二里頭文物，證明此為夏桀國都出土的陶瓷，驚喜萬分。又看到了漢綠釉的陶舍農家景象，差一點大叫，原來小時候住在鄉下的記憶油然再起，使自己回味家園的農村時代，原來是文化傳承的結果。再觀賞清明上河圖，仔細揣摩，居屋橋樑，屋瓦與街景，充滿台灣舊時造境的原型。有迎新送舊的場景，有焚香祈福的廳堂……友人說，真是百聞不如一見，原來宋代文明影響我們的風俗。半天的博物館之旅，品味數千年以來的文化風味，美哉快哉。

美感探索深不可測，亦非一時一地可獨斷；社會發展亦有其前進軌跡與希望，都和美感存在有關。但美是生理的需要，也是心理的滿足，它存在於人性的必然，卻是不可名狀的生命激素。好比是空氣、水或陽光之於人類的功能，恍忽飄忽遊行人間的性靈。

若美感是「萬物靜觀皆自得，四時佳興與人同」的宇宙萬物共存，美感是人性的啟明。

若美感有「十載寒窗無人問，一舉成名天下知」的比較，美感應該是希望的動能。

若美感朝向「欲窮千里目，更上一層樓」的層次，美是永遠隨人性的修習與自覺，歲月悠悠起，美意澹澹存。

美感是希望，滿足榮耀與理想；美感是愛情、是信用，是責任的完成；美感是心無罣礙，無所為無所不為！美感有時候無以名之，有時候會哈哈大笑！但基本的原素是生命的勃發，是希望的實踐。

第二部

美的遇合

天地萬象存在自然間，人類為其中具備性靈感應者，對於物象的深切觀察與體驗所衍生的感覺、知覺到經驗，成為神祕意象時，便有豐富的想像、寄寓與理想。其中作為鮮活的審美態度，所發揮的生命價值，或說是美的遇合，在物象轉為意象時，「美」確切存在於我們的生活環境，感應無限。尋思在真實的時空裡，美有生命，有生機，在你我之間滋長。

美的孤絕

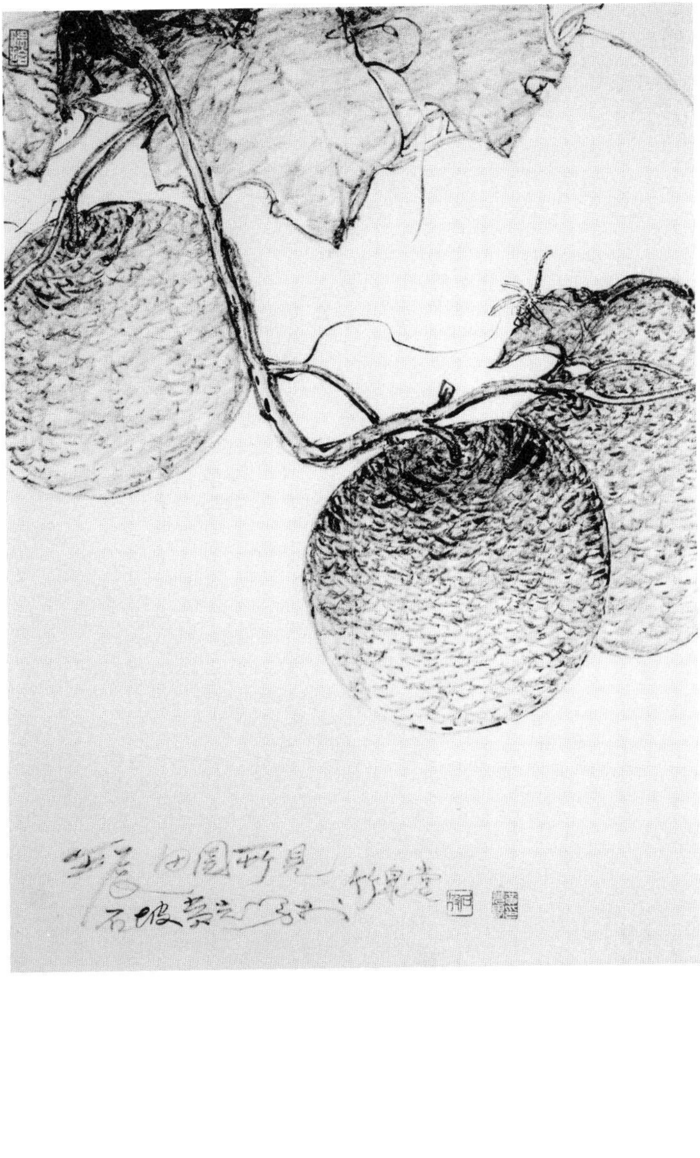

高山流水，見之動魄；荒漠寂寂，望之灰濛。一種感人的孤絕，投射在生命的底層時，無言默默，又有幾分悸動。

觀賞一齣仿唐樂府的歌舞，樂曲悠揚、群舞熱鬧，在穿插迴轉旋空中，只見舞衣裹身在趕步子，尋不著那份藝術表現的符號；在一家畫廊參觀一位畫家的作品展，層層疊疊幾乎沒有間隔的擺示，使人不知眼看何處，只覺得滿目閃光，美感不存；依址前去某一個商店，卻在一個比一個大的招牌中迷路了，站在店前躊躇良久，猛然抬頭，原來已在目的處。

無可言說的心境

美的存在，究竟在哪兒？是「食必求飽，然後知美」[41]？是在眾花耀目、滿眼艷麗？是兀立岩澗任風吹？是趕集對路輸人不輸陣？譬如濃霧凝水氣，是霧美還是水珠美？暫短如人生，迷茫似霧散，開啟窗前的景色呢？美否美否？

深秋銀杏樹黃，一陣陣飄葉落盡，千年百年的防禦長城，頹廢猶存，站在那有淚有血的城牆上，頓感一種連風聲都嗚咽的淒涼，動人心弦觸及傷感，有幾許惆悵。在塔山前，冷風凜冽，但見層雲相疊，漫過山崗，越過眼前，凍縮的臉頰尚覺刺痛，延伸在生命的深處，卻有一股不屈的韌力溢出。海浪高聳如山，瞬間垮衝而下的力道，折疊在秒差的爆發點，無物不覆、無力不絕的氣勢，有誰不感覺到「風順片帆歸去，有何人留得」的衝擊[42]？

這是現實場景，也是美感呈現。有些是可說可寫的，有些是可感無言的，在實證的美學中，最容易共感的景象或意象，其實是個事物的常相，不說也無礙它的存在，說了又覺得多此一舉；但美感的精華處，卻在一種有感說不出的孤絕，或說存在每一個人的私心上飄蕩，有時清朗，有時消散。

最近幾次海外歸來，便會發覺寶島的生機可愛，但也更加深狂熱中的孤寂，因為燦爛夜燈遮月色，火辣味中嘴舌乾，全然不知「有明月，怕登樓」的心境[43]，或是雨如甘霖、「一

41西漢．劉向，《說苑．反質》：墨子答其弟子禽滑釐曰：「故食必求飽，然後求美；衣必常暖，然後求麗；居必常安，然後求樂。為可長，行可久，先質而後文。」

42北宋．朱敦儒，〈好事近〉：短棹釣船輕，江上晚煙籠碧。塞雁海鷗分路，占江天秋色。錦鱗撥剌滿籃魚，取酒價相敵。風順片帆歸去，有何人留得？

43南宋．吳文英，〈惜別〉：何處合成愁？離人心上秋；縱芭蕉不雨也颼颼，都道晚涼天氣好；有明月，怕登樓；年事夢中休，花空煙水流；燕辭歸、客尚淹留；垂柳不縈裙帶住，漫長是，繫行舟。

絲柳、一寸柔情」的凝視[44]。倒是在異域看到曾經繁華一時的古祭壇，謝天謝地，祈求國富民安儀式，千呼百應的情況，而今安在？悟感於天神與人神之間，那一份絕對的真實，是不需要過多的關注，悠悠心遠，豈是文字語言所能表達。

異邦的馬雅祭台、古羅馬競技場、歧山的封神、秦墓的起伏、唐陵和明陵的壯闊，登臨其間，有種煙火掩時空的炙熱，也有種化為塵灰的空無，人生之機遇，常與不常、美與不美又如何？總是解不開情愁，那份淒迷的美感點化在人間，使藝術美得到解碼之鑰，邁入了生存價值之門檻。

在孤獨中創作

藝術的形成與創作，是一種單一的孤獨現象，有如名劍在流動熔漿滾燒，又要驟然降溫凝固，才能鍛鍊出鋒利的重器。忍受時間的消蝕、環境的摧枯，仍然在山崗上昂然自立，縱使寒光直逼，飛起一陣塵沙刺臉，而美的本質就在於孤立不倒的英姿上。

夜深人靜，大地沉睡時，一股幽幽然的覺醒翻動不波的心緒，說悸動在「獨處」的反思，才明白為何有人說：「夜氣淨良知。」行義必晨光初照，沒有罣礙的讚美，伸縮在自己能力所及之間。

無法去除應酬煩囂，卻有沉默不語修行力量，至少「逢人不說人間事，便是人間無事人」兀立人群的張望[45]，有誰還能放煙迷路。此時美妙人生，遇合在有與沒有之間迴盪。

曾以為種梅花成林的高士林和靖，哪能按捺寂寂聽水聲？卻又養鶴唳天啄水紋，加上西湖河岸柳揚迎風帆，這不是過熱鬧了嗎？不，他吟詩嘴未張，看山眼不開，只聽乳燕呢喃，落葉飄蕩。說孤山是心吟，看梅重氣節，所以有「疏影橫斜水清淺，暗香浮動月黃昏」幽心和韻。說個魚在水中游，鳥翔白雲間。他只含住一身自然，也想著南山之外的清閒。

也以為八大山人朱耷的簡筆數線，是因為無事豈能多語？筆痕墨跡屬多餘孤寂，並在回望眼神集半眸，看望空竹冠蘭佩，聽溪岸風聲。想起鄭所南植松於崖，惜蘭於谷，不聞世間人喧、但有幽香薰心；也提到竹梢低垂沙沙作響接清夢，莫非東坡先生頻搖動竹節氣清嵐，

44南宋．吳文英，〈春園〉：聽風聽雨過清明，愁草瘞花銘；樓前綠暗分攜路，一絲柳，一寸柔情；料峭春寒中酒，交加曉夢啼鶯；西園日日掃林亭，依舊賞新晴；黃蜂頻撲秋千索，有當時，纖手香凝；惆悵雙鴛不到，幽階一夜苔生。

45唐．杜荀鶴，〈贈質上人〉：枿坐雲遊出世塵，兼無瓶缽可隨身；逢人不說人間事，便是人間無事人。

還是「薄霧幾層推月出，好山無數渡江來。輪將秋動蟲先覺，換得更深鳥越催」的悠悠。

信步拾階而來，見古樹蔽天，葉逢幾點青空傳風息，捎來喔喔咕咕求偶聲，是啄木鳥還是麻蒼夜鷺，有人說是松鼠嬉戲……都不在意誰是誰，在這希聲已多起，眾音誰管得。或許天籟起自人籟，萬物生命勃起的開合，不正是「田園交響曲」的原素嗎？

沒有呼朋引伴，也沒有眾裡尋他的意圖下，幾乎忘了今夕是何夕的當兒，看那由時間刻畫的「古樹」根盤旋在人跡少，稀音淡的小徑上，我兀自看它在用與不用之間構成一柱柱被歲月彩繪的樹根，包括脫皮千層更相思的人情詩韻。可言不塞卻已無語看蒼茫，那股生命陰晴，是種說不上的靜寂流動之美。

兒時牽牛過溪畔，木麻黃樹上麻雀吱吱喳喳的，眼看夕陽倒影漸淡去，晚風引來漸層燈明的場景，我忘了疲勞筋骨，暗自描繪一張墨色為底，青冥顯光，那點點農家分布在晚風習習，對飲微醺的入夜前。此時孤絕世俗煩擾，若邀月尚未眠，何不大喊天上宮闕，嫦娥何處去？

想起貧父勤耕佃園仍無糧，看他借酒澆愁愁更愁的苦難，我恨不及快快青壯，好為老父解愁，只好拾物賣菜，以解飢餓難當。但天候風雨交加，農作物被摧毀的當兒，父親說：「天何罪我！天何罪我！」於是借債度日，那情節已過去半世紀，但歷歷在前，時時想到父親林旁植花種草作為田畦分野時說：「風雨瀟瀟人幽靜，三徑野花亦自香。」更甚者，一竿漁具在湖岸，上鉤鯽魚結善行的空氣，誰能分辨窮與富的分別。

此述情深意明，無所謂美與不美的定義。我提筆想到心中無礙，行為寧靜，其思慮明亮、造境寬敞，豈能不駕神遊太虛，感悟天地之蒼茫，來個「瘦影疏而漏月，香逸氣而墮風」的孤絕[46]。

46 明．陸紹珩，《醉古堂劍掃．集韻》。

美的風格

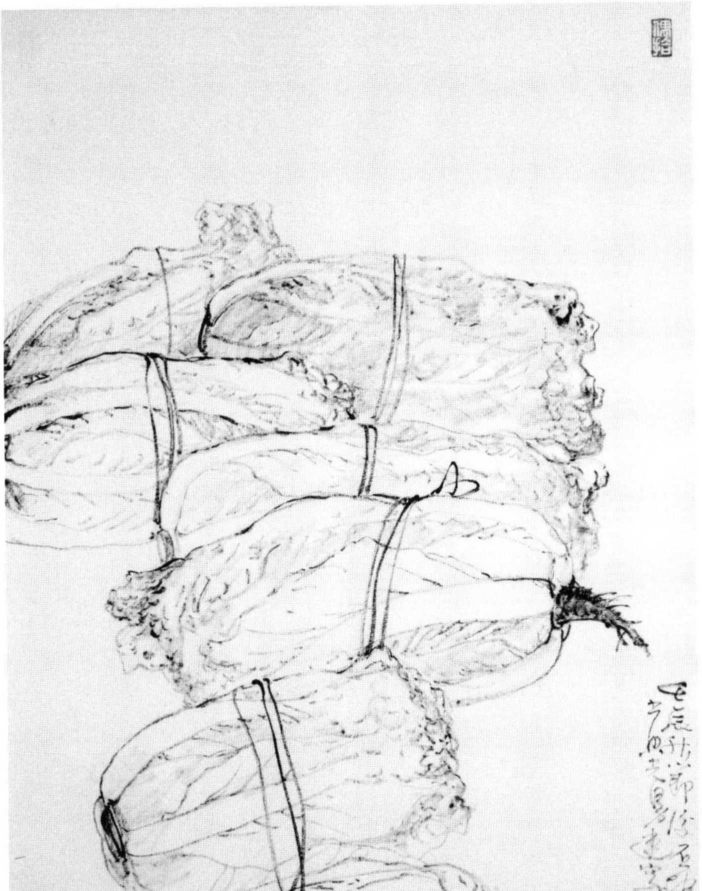

美的層次，在於人為的分辨。美的風格，便是美的層次的體現。

自然界無所謂美醜，卻因環境不同，而有適應生態的組合，好比高山必有深谷，風勁呼呼必有巨浪。諸如這種自然景象的事物，屬於生物性的組合，對於人類的視覺感受是自發、也是無目的性的反應，或許有人會特別喜歡某一件自然物，卻是一項實用性的偏愛，最多是生物性的選擇，這是美感的首次流動。

但是美感的成份很繁複，並不止於單項事物的供給，它來自不同的生活經驗，便有不同層次美感承受，所謂「外行看熱鬧、內行看門道」，便是這個道理。在諸多美感層次的領悟時，大致與每個人的涵養有關。換言之，認知的深淺與程度，便是美學體驗與呈現的憑據。

體悟與鑑賞

由於美感的體悟層次之不同，便產生美學水準的分類，其中也包括藝術美的創作者。在康德美學意念中，藝術美重於自然美，自然美之所以美，在人性的布置與解釋。因此創作藝術美的人，在於社會性，而不是僅止於生物性，一則是因為所接受資訊的豐富與否，來了解或領悟美的內涵；另則是應用所得的資訊，作為藝術美創作的資源，兩者的關係，正是美的風格之建立與鑑賞的依據。

美的風格，來自社會性與個別性，它的重要成份在於獨特意念的完成，而又能標示出它的環境特質與歷史的文化意義，並成為一項真實或不變的價值。美的風格之建立，正是藝術美建立的過程。它將是從生物的觸覺、感覺、知覺，到社會的記號、符號、圖騰，並且成為生活價值中的經驗記憶與儲存，以供人類傳遞文明亮度的文化。

由於美的定義，已趨於心神領會的階層。它不具定型的境界，可為自然物的模仿或寫實，也可能是象徵符號的刻記與認識，在具象與抽象之間，都有不同解釋的角度，其深遂有如大庭院中，從前院柴扉到廟堂紅門，一層層開啟，一層層景致，甚至在深山古寺尋人，有種「松下問童子，言師採藥去，只在此山中，雲深不知處」的玄奇。

美的存在，卻又很急迫與實在，而且人人都可以談美、說美是如何如何，好比人都會呼吸，都說空氣中有氧，有助於人的活命，美也是如此。但是也因為美的成份充滿變易的廣度，與不變的深度，它是可以抽絲剝繭，也可以從其類型促發其要素。變易中的美，是以主觀性的個人學養程度而言，舉如有人認為實用就是美，他便對物質的擁有與否特別重視，並且應用量化的方法，或稱斤論兩來計算美的價錢；相反的，有人以為心理的適應才是美時，重視美的象徵或美的共感，如此美才有價值意義。從概念的美到價值的美，便隨著人的涵養，而有所分別。現在以繪畫的鑑賞程度來說明美的層次，乃繫於創作者與欣賞者之間互動的關係，並從中解釋美感構成的要件，才能進一步剖析美的風格。

對於繪畫的欣賞，應有不同層次的階段，所謂「見山是山」，到「見山非山」，然後是「見山是山」，是因為初次接觸的認知，到多次理解後的判斷，是個主觀與客觀互動的課題。西方美術教育家帕遜斯（M. J. Parsons）曾把美術的欣賞能力分為五個階段：①是偏愛——很生物性的直覺，很主觀的個人喜愛與認知，並未注意到客體環境的需要，是個生澀不化的眼界；②是美與寫實——已知有客體事實的存在，能模仿出主題的物象，或物象很精確的寫實，就是美就是好畫。此時美的定義在於別人也能看到它的形象的表達；③是表現——繪畫已從客體的描述進入到內在的需要，已不僅是寫實的正確而是內在需要的充實，好比台灣畫家中，洪瑞麟的礦工系列，表現出他與礦工情感的共鳴，或是看到藍蔭鼎的竹林鄉情，似乎技巧已不如境界的重要了；④風格與形式——此階段的欣賞或理解，更進一步為「美的社會性」，在繪畫的表現中，它是符號、媒材與文化，其有歷史、風俗、民族性格等特徵，換言之，藝術特質在於文化體中的社會性與獨特性；⑤自律——對於藝術的傳統意義與現實意義，在於它的功能實踐，是具有「無為之為」的「超現實」的性質，是屬於個人的挖掘，也合乎社會性的流動，具有自我調適的整合力量。

基於這五項美術鑑賞機能，應用在美的理解上，事實上是很契合的分類方法，或說是美感層次的實踐方法。一般人對於美的認識，大概來自生理的感受，繼而是社會制約的認知，然後才轉入自我調適的選擇。通常美的層次感悟，大都停留在原始的生理偏愛，如花紅花香的直接照應，亦即視覺性的局限，對於花開花落之於人生借景，是無法理解的，例如一個人畫畫，大都在說明他畫的是什麼花、或是什麼樹，從不知他要畫的是什麼意思、表現那一情思。這種情況，就像盲人摸象，摸到哪裡就說哪裡，從不知整體與部分的關係，至多僅在外在形象再模仿、再複製幾次，對於美的詮釋均毫無助益。這種「你在畫花，而不是畫畫」的情況，正如劉備曾評論許汜說「君求田問舍，言無可采」一樣，境界不遠、不深，何美之有。

人格轉化

當然，畫家的創作，在於人格的轉換，也是情思的積極投入，它的境界深淺，完全在他的生命體是否健全與充實。倘若畫家追求的只是通俗的名利，例如參加比賽的層次，那麼他的畫，怎可超越評審員的主張？相對的，評審員的眼力只停留下景物的再現，或是派別的形式，與賽者又如何超脫呢？

美學家黑格爾認為美的要素，是要經過多層的轉化才能浮現的，不若兒童所畫的簡單形體為馬或人，是真的只畫馬或人的想法，而不是被轉化過的象徵意義，他說：「既簡單而又美這個理想的優點，毋寧說是辛勤的結果，要經過多方面的轉化作用，把繁蕪的、駁雜的、混亂的、過分的、擁腫的因素一齊去掉，還要使這種勝利不露一絲辛苦經營的痕跡，然後美才自由自在地，不受阻撓地，彷彿天衣無縫似地湧現出來。」美的呈現過程，由簡入繁，是因為加入個人的主觀，由繁化簡，則是歸納為客觀條件的符號。美的成分與形成。從象徵意涵，經過古典風格，而後達到浪漫的抒發，可說是環環相扣，也急躁不得，在漸層的演化中，美是有一定的程序的。

每個人都可以談美，都知道美的機能，是不具有標準的類型；換言之，美的體悟，因人的品味高低，亦即因人的學養不同，而有不同層次的見解。這種現象無關美的本質問題，卻有關美的風格呈現。依據黑格爾的分析，美的風格，應有：①嚴峻的風格──較為原始性格與粗獷的接觸，而後流動在簡單歸類的抽象化中，揚棄或不經營於雋妙秀美的領域；②理想的風格──具有優美靜穆中，表達出高度的生動性，「這種生動性基本上只顯出一個整體，它只是一種內容、一種個性和一種情節的表現」，是個與觀賞者共感的形質表現；③愉快的風格──頗具有趣味性的建置，它的表現通當是唯美的自動性感受，並取悅於他人的作品，有投合欣賞者的主觀趣味。

從初識物象開始，到達象徵性的抽象意涵時，美的風格，顯然是隨著個人的見解、時代的風潮、環境的安置所組合的社會意識，才能雕刻出風格的面相。當然風格如前述的理由，是不分好壞與高低的，但是美的風格，卻是諸多藝術創作者的個性表現，也因為有這一層關係，美感注入於作品的契機，必然要經過認識與選擇的過程，而且反覆再三，以為恰當附體存實。舉如旋律之於音樂、節奏之於舞蹈、空間之於建築等等，在創作者構思時，必然考慮到客體的美感與主觀的主張，它既然是熱情的感動，也是冷靜的思考。

筆者從事繪畫研究多年，雖然常覺得它的美感呈現之張力，並不能兼容其他類型的藝術美，但是在台灣地區看到很多畫作，確實已有很明顯的不同風格，不僅可從中發現其藝術美的要素，更可以作為美術史研究的依據。因為有風格的繪畫，必然有美感的依存條件，因此，試論幾種體現美的風格的例證。

．自然主義

自然主義的繪畫情境，通常是自古典風格出發，並結合學院性質的理念，著手構圖必有所依，從速寫、素描、寫生、作畫等都有一定的程序，甚至還有師承的堅持與標準。如此一代傳一代，雖然繪畫之表現因人而異，但大體上是很一致的。有些學者認為這種現象，也是威權社會影響下的結果，而助長其聲勢者，往往是公辦的美展，在比賽要求的條件下，美感要素就在這種制式下滋生。其美感要素，大略是寫實的景物、視覺性的認知、色彩與光線的和諧、風景式的剪裁，以及印象畫派光影的強調，至若寫生的主張、或素描的練習，均為達到上述的目的，而強調的技巧。這類以技巧的熟練好壞為美感的深淺，為訴求的重點，至今仍然主導著畫壇，這項美感風格，具保守又威權的措施，可說是繪畫美學的一項研究課題。

・社會意識

社會性情感流動而發之於筆毫者，它的美學感度，在於社會意識的湧現，而非視覺性的寫實。若也有寫生的措施，必然是凝聚表現美感的方法，使其在普遍習慣中，受到觀賞者共鳴，正如大眾服裝修飾一樣，其穿著的選擇，與他的身分有關。這一類型風格的畫家，其表達美感的時機，常在大眾生活中尋求靈感，或者是全人格的參與，在民胞物與、人飢己飢的襟懷下，人我相融，情境一體，已分不出人與我的關係，此時表現在畫面的圖象，充滿著社會性的關懷，也是個人情思的投射。畫面上的人物是畫家生命的刻痕，也是觀賞者可知可感可思的客體。它的形式意義足以說明其表現內容的豐盛，並充滿心情轉換的符碼，而解碼者正是觀賞者與創作者之間的卡鎖，它就是美的風格的傳達。

・暗示作用

暗示作用是具有教育意味的美學風格，它的特徵在於前述二項人為與自然風格中的互動，既能觀察美感的客體事實，也能關注到美感的內容呈現。但這是作者從經驗中學習而來的素養，雖然很多知識都是經驗累積的結果，在感性事物來自知性認同時，美的呈現，始終徘徊在對象的說明與解析上，美的風格既普遍客觀，其中也有作者個人的主張。當然這與前述中以自然物為美感寄情大異其趣，前者著重在說明事物的模仿，後者強調象徵意義的詮釋。

其他類型美的風格，隨時代與環境的影響，個人的主張，也隨之消融在各個風格特徵上。不論美的風格有多少分類，但總在圖象、規律與情感中運行，亦即為象徵、古典與浪漫三種品質上，求其內在美感與外在形式的存在。

涵養與風格

有了以上的思考，以台灣地區的畫壇為例，提出四位已過世的前輩畫家，說明他們繪畫的美學風格。

其一是楊三郎的畫作，雍容古典，以風景寫生為主，在結構與色彩的應用上，典雅而雋秀，畫面具有貴族式的氣質，除了說明作者的美感主張外，也在基本功夫上勤加著力，所以他的畫面穩定，描寫對象秩序井然，題材方面傾向完善典範的選擇。

其二是李澤藩的表現，與楊三郎的畫有同有異，同的部分是風景寫生與對象的選擇，保持在寫實性與印象畫派之間，很注意結構布局，畫面呈現安穩的感受；不同的地方是李澤藩較少應用油畫技巧，可能是環境與教學上的因素，他採用水彩畫的技巧作畫，或以油畫技法作層次上的堆積，或用水墨畫的畫法渲洗，總在力求畫面的層次感。因此他的畫顯得樸素無華，加上以鄉間農舍為題材，平民生活的景象躍然紙上，他的美感成份在自然物的生命體，大眾的生活寫實，換言之，清簡真切成為他藝術美的風格。

其三是藍蔭鼎的本土性美學，雖然他曾受過一些學院美術教育，但似乎沒有受到學院習氣影響，儘管他受到師承的風範感悟，但在我行我素的才華展現之下，以他具有人文素養的品評，對於周遭環境的洞悉，以及愛鄉愛土的情懷，他的內心世界映現在畫面上，並不受技巧拘限。畫面上的民情生活，或社會環境的變遷，隨著台灣的風晴雨露、春夏秋冬而有入木三分的描寫。具地域性才能國際化，能國際化才能現代化，藍蔭鼎應用了豐富的文化素養，自生性地展現他的自由創作，其美感風格便在於自信自在中完成了。

其四是洪瑞麟的社會關懷，他也受過學院派美術教育，卻投身礦工行列長達數十年，在人同此心的共鳴下，記錄了基層大眾的心情，尤其在血淚與生命掙扎中，他濃縮了筆墨的輕快，而轉化為渾濁沉重的力量，每一落筆是一份千古生命掙扎的呼喚，不是唯美也不是唯物，卻是苦難的象徵，是極為社會化的情境。

這四位畫家，都有完整的學習意念，但由於個性與才華不同，對美的感受也因對社會的承受力向不一，而有不同的美的風格呈現，傾向優秀的、雄壯的、聖潔的或崇高的美感，自有它的源頭。

創造美的風格，在於藝術家的涵養，近墨者黑，近赤者紅。藝術家的處境，常受現實層面的影響，不知不覺地製作出庸俗的作品，以換一時的口腹之慾。這種情況的出現，美的風格自然無解，不論是建築、文學、美術、雕刻等等都會在極短的時間煙消雲散，儘管有人使勁地把住權位，仍然敵不過歲月的衝擊。相對的是有風格美感的創作者，是一份性情，也有一份堅持，在苦難中求取真實，是眾多可感的心聲，也是人性最深處的靈光。他不隨波逐流，又要中流祇柱，是個不阿諛焰媚的大眾意識的代言者，能深深感動人類靈魂的創作。這種可超越時間、空間與現實利益的情況，乃為永恆不變的真實美。

美的風格，是因人而起，人有聖愚之分，美便有依附之異。美不全在視覺，也不全在知覺，它還有情感與哲思的投射。美的風格，乃是人格的轉化，在我們的生活中，能看到幾許煙雨，便知幾分濕潤。美悄悄地來，也靜靜地迴蕩，它搖曳在人們的心中。

美的感動

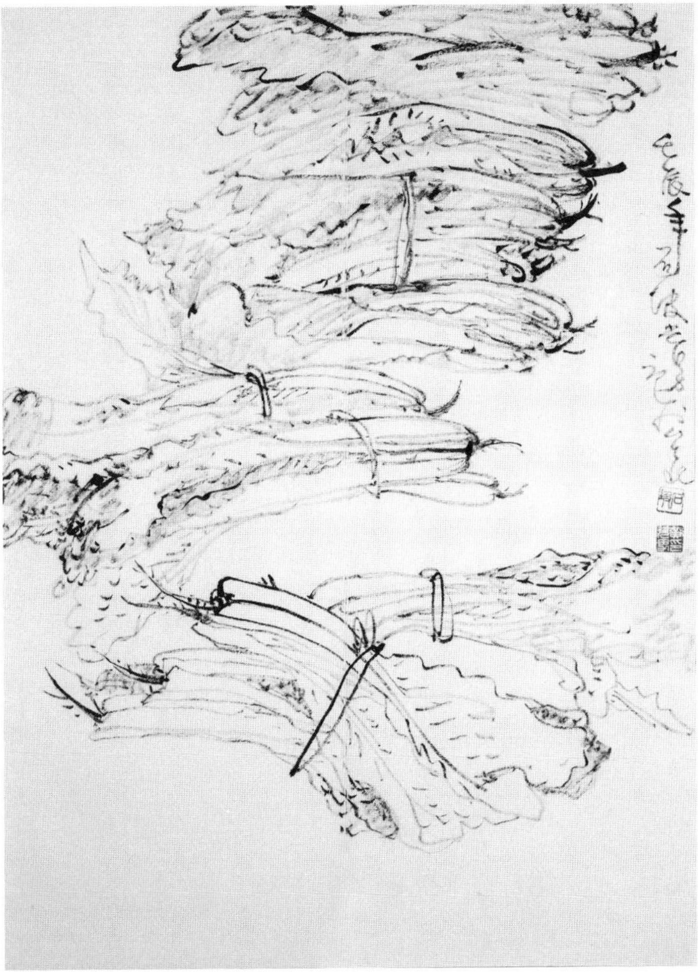

感動於人或感動於事，都有美的因素。美感就是在人、事、物之間互動的經驗，或置身其中、或抽離自身，做一種客體觀察過程時的感情成份。

形式美學著重在外經驗的詮釋，其組成的線條、顏色、造型等等素材，即使是音樂、舞蹈中的節奏，都具有表現與象徵的意義，這種表現或象徵，事實上已是美感的內容。美感觸覺來自形式素材的掌握，美的感動則是美感內容的擴張。

感動源自認知

形式與內容本是一體兩面，可即可離、卻又不即不離。然而不論是形式或內容的美學，都與經驗、認知有相對的關係。康德曾說：「趣味判斷就是審美的……在趣味判斷裡經常含有與知性的相關。」關於認知與美感的概念，在西方有皮亞傑、杜威等名著的解釋；我國的先哲，包含孔孟學說，對知的部分，也有很多的解釋。如「文以載道」、「詩言志」等等涵義，都引發「知」不同層次的理解。

將知與美的關係列為相輔相成時，有如人與空氣的機制一樣，無法絕對分辨它的成分含量。但是美的感動，絕對有它的生理部分與心理部分，尤其是前者的物質條件，或稱為形式展現，是作為實現美學的基礎，而後者在精神狀態的需求下，有共感的部分，其中以社會價值的共識作為美感傳達符號。即戴震所說：「生養之道，存乎欲色也，感通之道，存乎情色者也。」（原善），欲是生理的，情則是心理的，欲與情的遇合是天理，它實則是人類慾望的適當要求，情才能夠有機能性的發揮。由此可知生理上的慾望與外在的形體，一定要講求它的適當性，才能引發心理的滿足與寄寓；換言之，美的感動，知的部分所引起情的部分，是具有一定性的作用與講究的。

人同此心，心同此理。美的感動，源於內容的充實，在客觀經驗與條件的提供下，主觀的判斷，成為美的實質表現。康德把它列為四項範疇，即①質——趣味僅憑完全非功利的快或不快來判斷對象的能力，或表現它的方法，這種愉快的對象就是美的；②量——美是無須概念而普遍給人愉快的；③關係——美是對象的合目的性形式，當它被感知時並不想到任何目的；④模態——美是不憑概念而被認作必然產生愉快的對象。依此認識美的感動，似乎又陷入了形式重要還是內容重要的兩端，美的合目的性，既為經驗也是個性，它必須是具有普遍化的要求，亦即公認為真、善，兼具科學的必然性與道德的恆常性，有種社會正義與互依的真實存在。

我們看到一隻狗無事哀號，原因是飼養牠的主人有難；知道孩童憂傷垂淚，因他是孤兒院的失親人；看到火災現場消息，說是母子相擁燒死，知道母親護子心切。看到情人節玫瑰花高漲，知道戒指互換誓約，心情隨之興奮與祝福；而孔雀東南飛、羅蜜歐與茱麗葉的愛情故事等等，均為一項情緒糾葛，也是一項美的感動。或說感動本身就具備人的情感投射。並沒有美醜的成分，事實上美醜都在相對中存在，也相依相存，正如悲劇的情節，具有一種人性普遍化的激情、衝突、苦難的孤絕，其人生的深刻內涵，成為藝術表現的內容，也是洗滌人性心靈的重要反射。美感中的崇高或雄壯，甚至優雅與古拙，大都是因為美感內容的深切體現，才能造成更為豐富的藝術作品。

雖然受感動不一定都有美感，但美感的產生，必來自感動的過程，除了形象的認識之外，內容就是它的主軸了。感動中的理解部分，就在形象的認知與內容的詮釋交替，只不過內容的獲得，一方面是美的對象或創作者所注入的情思濃度，是否足夠作為人性反芻的份量。內容是一種內省經驗與社會化的功能，它的催化作用，在美與情懷之間有很大的引力，例如看一齣戲，其內容必然是大眾所熟悉。或是觀賞者所了解者，才能夠就戲曲的表演中，感受到藝術的張力，否則，對於語言不明、內容不解的表演，除了知道有人在台上比手劃腳外，能深受感動的機率就很渺小了。這種經驗，相信很多人都遭遇過，如俄國人的歌劇表演、或是非洲人的祭典活動，我們看到的只有動作，而不知內容的情況下，藝術就成為很乾澀的名詞了。

如此說來，感動之於美的重要性，類似為人類情思之於生存的意義。換言之，美的感動，必有幾項原則性的條件，即為美之所以成立，在藝術表現的內容上，必須是充分而具普遍性的涵意，讓觀賞者得到完整的訊息，才能在情思上得到共鳴與提昇；其次是內容具有獨特性與個性的主體，而且精緻又難得的呈現，才能引人入勝；另者內容是其有真理與真實的情節，放諸四海皆準的恆久化之本質，才有繼續存在或被膜拜的機會。還有一些民族性與地區性的美感活動，其要素亦在內容是否被認識，或被認為是有價值的事蹟，才會使人感受氣氛的熱烈與美好。

觸發感動的特徵

美的內容如何表達，又如何呈現，它可能是文學作品中的故事情節，也可能是舞蹈中的節奏安排，或是音樂中的旋律，甚至是美術中的形質表現，不論那一類型的藝術呈現，都在「外行看熱鬧，內行看門道」的層次中反覆。然在有形的內容上，若以繪畫為例，觀賞名畫，必然要從幾個部門入手，誠如艾斯納揭示「藝術中的教育」說：「繪畫的鑑賞，必要研究作者的成長背景，包括他的受教育狀況、社會意識，以及歷史記錄。」事實上，在本世紀前葉，杜威早已提出「作為經驗的藝術」的理念，就以經驗的認知，作為藝術創作的基礎，以此上溯，西方在紀元前的價值論，中國在春秋時代的諸子百家，似乎都在提倡「知」與「識」的共識，即所謂一元化的知識結集，才能在藝術上有所表現，包括了詩經中的「風雅頌、賦比興」的借題借景，這種社會化的美學內容，傳之久遠，立意於象外的藝術，所引發美感內容的抒發，就更覺境界壯闊了。

由於內容豐富、情節曲折所帶來的感動，常常是真心直接的，亦為童心之論，因為唯有「心誠則靈」的對待，才能自我發現，而後感動他人。「不真不誠，不能感人」，美的內容，不是虛構的，也不能雷同的。即是美的內容來自事實的陳述與感動，它必然是人類共感的信號，是可作為互傳情思所期待的目的。

在錯綜繁複的內容中，不論它屬於視覺的、聽覺的、或是觸覺的，必是社會意識、歷史陳述中，屬於心理學、哲學、美學的象徵與表現，甚至是主觀主義中的普遍原則，在此試以這些特徵來說明美的感動，來自美的內容認識與宣示。

．象徵作用

作為美的內容，象徵是濃縮並標示出其美的本質、或藝術創作的要素，因為美感或美學，在人的社會裡，是個高級的記號與需要，是超越生理需求的範圍，甚至達到人類自我實現的一種成效。因此，在選擇美的象徵時，其記號必然來自二個類型：其一是慣用象徵（conventional），即一般生活或具有歷史事實與民族生態的符號，例如十字架之於基督徒的意義，竹子之於東方人的情感，國旗之於該國家的立國精神等，都是普遍性存在的現象，也代表了母體社會的機制；其二是創造的象徵（created），是人為所創造出來的特定意義，有些是藝術家所製作，有些則是民眾為某一事件而創作，前者如屈原以蘭蕙為美人的象徵、八大山人以簡單孤鳥為其人格的象徵；後者如綁黃絲帶是期待歸人的象徵等。

美學內容的充實，當然有很多的象徵意義，雖然如前述二種類型的不同態勢，也可能是「言在此，而意在彼」的不同意涵，但是象徵的適當表現，可以加強內容的深度與廣度，因為象徵也是一項認知符號，它具有某種形象、功能或含義的相似性作基礎，作為思想、情感互動的資源。美的內容，基本上是在諸多象徵意義中組合而成的實體，它之所以具有美感張力，無非是它的表現來自不尋常的發現：來自顯著的地位，有突顯的位置，而受到注目；另者應用重複的方法，再三表現其意象的暗示性效果；最後才把相關事物聯結起來，通過聯想、移情、轉換的作用，達到內容相傳的效果，並且在設身處地的感染之下，顯明的意念或沈潛的意識，才能不斷地湧現在現實的世界裡。美與藝術的感動，大體上都在反覆、暗示、期待、與實踐中補實，作為美的內容，不知不覺，可知可覺的不斷追尋之下，它充滿希望的心情與目的。假如我們看過孔雀東南飛的情節，有種自生的衝動；看到名畫「蒙娜麗莎」的微笑，遐想究竟如何笑等等，這是美的內容、美的感動。

・表現事實

表現的意義，在於人與人之間聯結的心意，而被事物之兩端所引發相關的情感。在藝術的領域裡，創作的過程，就是表現的具體成績。正如馬蒂斯說：「我不是畫什麼，而是表現什麼。」「畫什麼」是單方面的主觀意識，可能是自我認識的一個物品，或一件事物，並不一定有較特殊的含意，只是在說明或傳述那個東西，沒有較深一層的共鳴層。「表現什麼」就涉及到「除了我之外，誰也能知道我講些什麼」，換言之，表現是要透過人性的知識、性情與想像，或是可說明的「物件」，讓他人也能與自己有同樣的看法，至少對方能了解自己提出的主張。

表現作為美的內容，所託情之對象，常是生活習慣中的特徵部分，至少是大眾都可以領會的形象，它是有感而發的特殊情感，也是一種內心活動透過媒介體所發表的情思。事實上，表現的藝術乃創作的過程，再進入藝術作品的製作，而後再追究觀賞者的反應。不論是直接的、或間接的美感傳達，都得依其內容的組合與聯想，才能達到預期的目的。

表現作為創作藝術的動力時，人生的歷練、社會的脈動，與作者的才情，都是組成藝術美的要素，其美感成份之衍生而來的，需視作者投入心力的多寡而定。本世紀表現主義藝術的興起，就是個性抒發與心理聯想的圖示，使藝術美得到充分的發揮。

西方繪畫的後印象畫派、野獸派、立體派、甚至是抽象表現主義，都具有很明顯的原生情懷，與人我之間的情思互動；東方繪畫，雖然沒有較明顯的風格出現，但在明代八大山人或晚明的鄭板橋、齊白石等，就其個性的傳達上，實際上很具表現的美學內容，尤其鄭板橋曾在面對竹子的畫材時，希圖描寫出竹子本質的美，以及表達其胸中逸氣，歷盡四十年，才做到「我有胸中十萬竿，一時飛作淋漓墨」的水準，這之前他的體悟與行動，就是他的美學感動，他說：「四十年來畫竹枝，日間揮灑夜間思；冗繁削盡留清瘦，畫到生時是熟時。」好個生澀與熟悉的藝術美的掌握，很完整地投注在表現的意義裡。

表現在美的詮釋與應用，沒有預設的範圍，卻有普遍而客觀的事實，更是主觀情感注入的時空性，它的內容張力，是美學的範疇，所傳達的意念，頗具個性的剖白。

．關注價值

審美價值的關注，亦為美的內容。美感的說法，眾說紛紜，但它是生理的也是心理、是自我的也是他人的情感共鳴的說法，則是較為客觀的認定。其中涉及的認知程度，與實踐多寡，常是價值局低的衡量標準。況且某一件事對某一個人有意義，就是有價值。相對的，它不見得對另一個人有意義，那便是無價值了。

美感就在這種認知不同、或有無需要，甚至需求的時機中產生的，其美與否，在於內容上的價值認定程度時，才顯現不同層次的感受。好比「情人眼裡出西施」，「年少夫妻老來伴」，美是存在觀賞者的心裡的，有人喜吃臭豆腐、吃榴槤，而有人視為不可思議，也是對於應用對象是否有價值的權衡標準。

由此可知，價值是一種非常主觀的意念，有其獨特性與個別性的情感作用。藝術美的創作，就需要在主觀之外，應用客觀的條件，才能達到恆常性的美感。換句話說，個人的喜歡並不等於都是好的，也就是被公眾認為是好的（美的），必然有其客觀的事實存在，可以感動自己，也可以感動別人。真實的美，是放諸四海皆準的普遍存在。好比前述提到的秩序、整潔、調和等等外在形式，然而本次所講的美在內容的充實，它的作用，當然涉及更深入的文化層面、心理因素，以及社會意識。

美的內容中的文化體，是針對區域性的經驗學習，它作為民族情感的感通，與價值互動的契機，具有同化同情的消蝕作用，有血濃於水的認同意義；心理傾向是認知的重要引力，它在不同的時空中，有不同的美感要素；而社會意識也是美感存在的確切價值體。存在於一個農業社會的大眾，其對大自然的感情，當然不同於工商社會的人群，而處在權力慾望的社會當中，當然無法了解深山植菜老圃的清淨，諸如此種種，沒有標準之美感，而要有水準的內容，就得靠社會意識中集體思維品質的提昇了。

感動與社會性

茲以台灣地區藝術發展情狀觀察，大致上以外來的藝術引介為多，在似懂非懂的情況下，美的感動常在不明白的活動上，也有掌聲相應，但實質效益如何，這可能是台灣藝術生涯與美感溫度刻痕多少的指標，亦即為美的感動如何？能否深植大眾的心中？

近幾十年，筆者專在視覺美學上研究，若以台灣的社會發展，能代表台灣社會意識共感的作品，究竟有多少？其本土性、國際性、與時代性的張力又如何？並試以這種條件尋求名作時，發現很多的畫家，在美學的理念上與行動上的表現，大都停留在惟實惟美的寫實主義上，也在知識傳達的學習上，能掌握時空的畫家，固然有一些，但作品表現的張力，常在隱晦之中被消去美感，倒是接近生活平實的畫家，才有一些不凡的作品，例如老畫家林玉山在一九四四年畫的〈歸途〉，真像看到戰爭的事實，也看到台灣鄉情的流露，有社會的關懷、民俗的表彰，更見一份大自然賦予生命的意義：五十年代劉國松畫的〈地球何許？〉應用了科學資訊，表達了台灣的國際性，也掌握了二十世紀中的社會發展所流動的血脈，畫出台灣美學的感動；六十年代正當台灣社會的某些陰暗現象，也是歷史的、國際的、人性的真實，謝教授畫一張〈禮品〉的畫作，將紅包紙鑲在女性大腿上，將人當禮品的物質畫，不僅是很具諷刺性的表現，更勾劃出人性原始的一面，令人見之震撼不已，有人以為有傷風俗而拒為展出，但這張畫所代表的社會意識是何等的貼切啊！

由上列事例可知，美的感動，是美的內容的共鳴，也是藝術創作的重大工程，美的對象是為內容的起點，不論它是風景、是人物、是情愛、是心理、是社會，在境界的陳鋪來說，是很繁複情境所交織的光源。面對人生的種種，如何受感動，如何成為藝術美，它必有其普遍的主觀意念，也就是社會化的個性化，才能點出美的所在。基於此，美的感動，所著重的心理現象，便是內容的認同，以及真誠的對待，在移情與同理心中，豐富了美的實相。

美的感動在於真理，在於直接，真實如莊子所說：「真者，精誠之至也。不精不誠，不能動人……真在內者，神動於外，是所以貴真也。」美的感動何嘗不是如此；直接則是真實的衝動與趨力，但並不是正面衝突，而是一往情深的執著，不是拐彎抹角，儘管是「最苦夢魂，今宵不伊行」，或是「伴今生，對花對酒，為伊落淚」，但是他願意他甘心，何干心中苦與樂。美的感動在生活，也在人生，當花開花落、春去秋來時，那遙遠的蒼穹又是如何！

美感觸覺

美感經驗中，觸覺性是可即可感的。

既然作為經驗的美學，曾受到心理學家、美學家的討論，它當有夠分量的討論重點。而觸覺之謂美感，是很直接而實際的經驗。其中可分列為心理性的觸覺、以及生理性的觸覺。更具體地說，藝術形式的成立與應用，是為美感觸覺的核心。

形式美與經驗美

美感觸覺來自與生俱來的生理現象，與後天學習的能力；有社會意識的提昇，也有生命價值的選擇。美感觸覺，有些是記憶，有些是知識，當然其精華處則在視覺藝術的呈現。或許有人會以為視覺美感是很精神性的符號經驗，有何理由扯到觸覺的問題。事實上這是一個很貼切的思考方向，也值得從形式美學與經驗美學的立場來賞析。

以生活經驗為例，日出而作、日落而息是自然規律，也是農業社會發展的必然現象，因為沒有人會以暗夜植花、白晝休憩為常態。正如陌陌水田飛白鷺時，我們看到了這份大地的生息，其構成的季節性格，成為民眾判斷這些景物屬性的依據。於是春花、秋月，夏榮、冬枯所代表的意義，就蘊藏多層理解的思緒。

或許我們初次看這山這水靜默在大地上時，並沒有什麼特別的感受，但在生於斯長於斯的契合下，大地為我床，蒼天是我帳的情感時，這山非山，這水非水，而是一種生命的記號、或為生長激素的動力。甚至演化為精神的象徵、符號，或為圖騰似的膜拜。在台灣田野或是神木前，常有信徒念念有詞地焚香祈禱，為又是山又是水的尊貴作證。於是我們見到的大地，就是生命的同值體。

那麼生命是什麼呢？則是我們要關心的主體，就美感觸覺來說，它實在是很具體又很抽象的意念。看到萬物滋生茁壯，也看到它的枯黃衰老，而且一代傳一代，不論是動物或植物，生命就在這種枯榮中更替，或在季節性的預期中過往，它充滿了前進的希望，也暗伏著死亡的陰影。但無論如何，生命所具的意義，是其自生機能的抒發，包括它的成長與節奏，誠如蘇珊．朗格說的，生命是有其生長性、節奏性、運動性與統一性的，而這些要素除了其內在所具的原生活力外，就其美感呈現的表徵，應屬於形式的展示與圖象。

形式要素

換言之，美感形式是美感觸覺的外在因素，相對於其內在因素的情感，共為美感組合的完成。在美感經驗，或審美過程來說，二者之間是一體兩面，交織著人類可知或未知的情思與寄寓。那麼，什麼是形式美、或作為美的形式呢？這一問題，與前面所言及的認知程度有絕對的關係。此處就其形式的造境所概括的意義，簡略闡述於後。

．形式的時空型態

藝術的形式，既為可數或可知的外在因素，必然具有一定性的時空形態，它包含在現象藝術、觸覺藝術與聽覺藝術之中，前二者較容易識辨，因為它是點、線、面和色彩的組成體，或為材質、容量的綜合；後者則是抽象中的具象，必須透過象徵或比擬的程序，才能感受到形式美、或風格美，以東方文藝美學的立論，這項較繁複的藝術形式，有「比興」的意味，朱熹說：「比者，以彼物比此物也；興者，先言他物以引起所詠之詞也。」例如音樂中的節奏，可能在其速度快慢中，感受到心情的緊鬆，而悠揚慢拍與經快舞曲，不正是表現出它的悠長與小步移影嗎？不過它也接近擬人化或象徵的圖象，有些偏向藝術內容的範疇，待另文探討。總之，藝術形式是美感觸覺的具體表現，在較通常性的意念中，或許可以藝術美之形式作為主題，依序探討其要義。

可數的藝術形式，計有比例、對稱、漸層、對比、平衡、統一、均勻與反覆的說法。然在視覺藝術的形式上，與之相關的造形，則是景物交融、得意忘象的。如此說來，形式之複雜化或多樣化，絕對不是可用數量去計量，而是因時因地因事制宜的。具體地說。美感形式受到環境、時代與個人見解的影響，遠超過可解析的藝術結構，並且也受到哲思與認知程度的影響，對於前述美感形式有不同的解釋。好比矛盾性的互補、或現實性的呈現，都是在解讀美感形式時，很難說明的心理現象。

美的形式，原本與美的內容融為一體，也無法分析它的成分。但組合藝術美的要素，卻因為其現實情境的存在，便有很多可以直接指明的原則。或許也可以說，人類在生活經驗中所歸類的知識，便成美學形式的構成要素。

・空間

以空間的形式來說，其形式之組合，便有現實之距離、與心理之距離，也有素樸原色與人為之著色，其所構成的圖象，就因為在這種實景虛境之中，所延伸的想像空間、與躍動性的空間，其所交流的景象或圖證，作為美的形式便有多層的變化，文學上的「窗舍西嶺千秋雪，門泊東吳萬里船」所壓縮的時空，遠者是歷史陳跡，近者是現實冷暖；美術上的「莫怪濕雲飛不起，米家原自有晴山」（石田語），暗喻畫家功夫與其來有自的豐富，都不限於視覺觀感而已；至於建築的飛簷接天、蓮座重地；音樂的撥動三弦，血脈暢流，以及其他的藝術表現，都是意象百態、心思萬千的境界，有種言有盡意無限的悠遠。如此空間造境，事實上是心理性透過視覺性交集的結果。

・比例

有空間就有距離感，有距離就有點線面與色彩的存在，除了心理與意識的嵌彩外，視覺最具直接的辨識能力，對於其所構成的各種形式機能，在完型心理的意義上，都有一定性的使命。例如二條平行線，由近至遠的排列時，是近寬遠窄的狀況，以相同的組合，以輻射狀並列一處時，其視感的複雜性就不可言喻了。再以比例的形式來說，人類除習慣性的認知外，最主要的是生理上的極限與功能展現，比如說，人體的比例，究竟要有多少條件才是最入時人眼，我們常說外國人（白種人）的比例較為勻稱，這個勻稱是如何界定的，是身體與手足的比例呢？還是三圍的適當？實在不一而足。選美場合上，有人很強調胸圍，有人則注重腰圍，或是其他，但若只有某一圍是合乎標準的，其他則不成比例，又如何能入選呢？因為人體的高矮與體重及比例的適當，都直接影響到美感的外在觸覺。外國人因腿修長，剛好符合黃金分割率的標準，因而說他們很美。當然，這種現象除了比例與生理性的恰當外，還有一些不同族類的新鮮感作用。

・規律

至於其他美感形式的生理作用，在心理與習俗價值的認定下，它是一種秩序、一項規律，也是人與自然交融的物象，儘管古人有所謂的「得意忘象」的內在情愫，但「象」之於實相，並非憑空想像的。例如對稱之於人的雙耳、雙眼，之於人之雙足等，若缺之一邊，豈不失去平衡？或有傾倒的可能，這項實例很多，包括動物中的形象，也包括植物中的紋理。對稱屬於自造的形式，而應用於美感素材時，它的存在作為「直覺」的認知活動，它不在概念的範疇裡，而是在穩定視覺中的意象。好比在美術中的畫境、或建築中的廊柱，無關景物的多寡，卻有很多相依對稱的擱置品，那一份需要，產生於視覺的觀感。

視覺作品，藝術形式除了比例、對稱外，還有很多明確的實例。例如看到塔層、登高石階，或大樓樓梯，是漸層的秩序，具有前進與一看究竟的心情，它引導視覺意象的美感；又如對比形式，不論是色彩的對比，還是物象質量的對比，它的機能，調適單一不變的形態，前者說是「萬綠叢中一點紅」，或為「濛濛細雨見燈黃」的補色美感，在文學、美術品中，常被反覆應用。說到反覆，除了動作的機能外，音樂的曲調，可能是最具代表了，尤其主調已點燃主題意念，不論在和曲上有多少個轉折，回歸主曲的迴蕩，常是音樂藝術的技巧之一。

·安排

任何一項藝術形成，具有人為的安置與排列，才能表現出它的美感。我們見到古城邑時，櫛比相鄰的街道，殘垣破瓦，鮮苔裹身，但仍然可感受到它的時空之美，看到青山綠水、水田陌陌，也深感大地自在；而在諸多的人群中，仍然可分辨男女身分等等，這不只是一種行為反射，更是一項視覺感受。這些現象都可在理性與感性之間，有適度的調節，好比音樂上的節奏，可分辨出它的緊縮時空裡，正可展現出鬆散的慢拍，或在激情中吶喊，或在慢曲上優游，這種既對比又統一的節奏形式，更可應用在美術品創作上，以書法為例，它在書寫的輕重緩急，是很符合節拍與音樂曲調的形式，尤其是行書與草書，它給予我們的視覺美感，不正是與心共感、與視覺牽動行為嗎？

任何一項美感形式，都具有理性與感性部分，換言之，理性分析它的客觀事實，感性融入它的主觀意識，我們可以在各類型的藝術品，體悟出美的形式，也可以生活在美的形式中，但可感可知所包含的意義，還是來自「知識」領域，正是西方哲學家萊布尼茲（Leibniz）所說的知識，包括了理性與感性兩種。但有三項不同的成分：其一，理性知識的對象是普遍、抽象的概念，而感性認識的對象是特殊、具體的個別物；其二，理性的知識是比較高層次的，感性的知識是比較原始的；其三，理性的知識是清楚與明白的，感性的知識雖可清楚，但卻不是明白的。基於二者的交互運用，往往可促發人性的不一致判斷，因而在美感觸覺就可為廣泛了。

經驗要素

本文僅在其中美的形式稍多講述，而與之相輔相成的美的內容，則在後講時間再述。然在形式的繁複變化中，審美經驗者的認識與偏向，實在不易歸類言美，僅能以藝術創作時，較為普遍與可分析的類別為例，或能在美感觸覺主題談論，收觸類旁通之效。

・畫如其人

繪畫是美術創作中很普遍也受歡迎的藝術，它是一種空間美與時間美相結合的藝術。通常是創作者的內在世界所引發的外在形式展現，其創作動機應用了形式與技法時，才能讓觀賞者窺伺他的心情。現就一張繪畫來談，首先映入眼簾的是它的畫幅有多大，次為它以何種素材創作，包括用水彩、油彩或是水墨，其中顏色的主調如何，是寫實的或抽象的、是風景畫、靜物畫或人物畫，是現代性的還是歷史性的等等外在要素，然後才能再深究作者的技巧表現與表現的內容，當然我們還要了解作者的背景，包括他所處的時代、環境，以及他的個性，才能真正觀賞他的創作。這項美感觸覺，就不是單純的美的形式分析，而是全人格的藝術表現。

然而人格如畫格，基本上，繪畫的表現，其技巧的應用，多少透露出作者的主張，因此畫面的處理，亦可看出作者的才情與美感觸覺。我們看到梵谷的畫，原生性的對比色彩，以及顫抖的大地，是他詮釋生命的主張；而如洪瑞麟的礦工系列，那份古樸與素節的線條，已細訴著他的心境；水墨畫亦然，雖然有人以為它是象徵與自然主義的綜合藝術，但儘管都在描寫四君子畫，由於著力點與節奏、韻律取決於心的起伏，各人都有不同的形式表現，如溥心畬的秀雅詩情，與張大千的渾厚自在，是各有形式的符號的。至於水墨畫的意境表現，一部分如宗炳在〈畫山水序〉中說：「身所盤桓，目所綢繆。以形寫形，以色貌色。」是置身於畫中的寫照，不分景物，不分物我，沆瀣一氣，另一部分則有所選擇，「海闊從魚躍，天空任鳥飛」，它是形象的對照，也是素材的選擇應用。

・情思造境

藝術形式乃為可視覺、可觸覺的具體事物，具有理性的知覺，也具有感性的視覺承受，美感便來自這些知覺後的感覺，才能在自我歸類與融化中得到經驗的累積，譬如說羅丹的雕塑品，如何知道他的藝術美感，便要有如反芻似的回溯原始，它可能是人體節奏起伏，有強弱與鬆緊的規律，壓縮在每一部位的造型上，不論它描寫男性或女性，人類生命的定義，在羅丹的美感觸覺上停格。再說如東方的山水畫，若只是風景的複製，則就無所謂書法畫技了，而其技巧歸類也就不易存在。當藝術創作者在且遊且畫的寫生中，必然是知感的尋覓與選擇，才能掌握到創作對象的真實，於是構圖、筆墨、設色與調子，都得符合美感形式，否則縱有千里江河，亦無從歸於咫尺。它的造境所引發的造型布局，在美感的條件上，是很受用的形、色的組合，與人性所共感的符號。

我們欣賞一張水彩畫的美感也是一樣的，它的道理不外乎是作者的借景抒情，或以景寫意、或為廣闊山林、或是寫真小品，大都在「景」與「境」之間作業，務使創作的「景」能夠表現出「境」的理想，即如山水畫有所謂的三遠法：「自山下而仰山嶺，謂之高遠。自山前而窺山後，謂之深遠。自近山而望遠山，謂之平遠。」（林泉高致）的布局，無非是藝術呈現的形式應用。當一張好的創作品出現時，除了內容的豐富外，表彰畫境的就是這些技巧與形式了。通常看到一張有深度的畫作，必然在層次上有所表現，在調子的統一上也能集中視覺焦點，乃至於色彩、虛實、節奏與協調，都能恰到好處，都能使欣賞者與創作者心境相契，繪畫的美感從此生矣！

不論哪一類型的藝術，其觸覺點，大致是形式的展現，音樂有形式，建築有造型、文學有造境、舞蹈有節奏與旋律、雕塑有視覺與觸覺感、電影有情境、戲劇有情節等等，它來自人類的生活需要，也來自社會意識的傳承。它可能是單純的一瓣花絮，或繁複如阿拉伯圖案的連續，或具象、或抽象，在這種實景與虛境之間，取得了大眾的共鳴，並作為互傳訊息與情思的符號時，那一類的藝術表達，多少都透露幾分美感觸覺。

「夜月一簾幽夢，春風十里柔情」是景也是境，是視覺也是感覺；「花影吹笙，滿地淡黃月」的情景，是否在知覺後也有另一種時空共感呢？文藝之所貴者，謂有記憶的情感。記憶在各項形式中，花有形有色、地有近有遠、月有圓有缺、人有情有感。美感經驗，來自實證，也來自學習。

因此，美感觸覺無處不在，在生活之中，只要稍加留意，不論是風景形色，或是人情過往，處處皆美感，何止在藝術中的繪畫、文學、建築、音樂或其他造型形式，更豐盛的美感觸覺，是現實的，也是實在、可知可感的，即如「念去去，千里煙波，暮靄沉沉楚天闊」了。

美的遇合

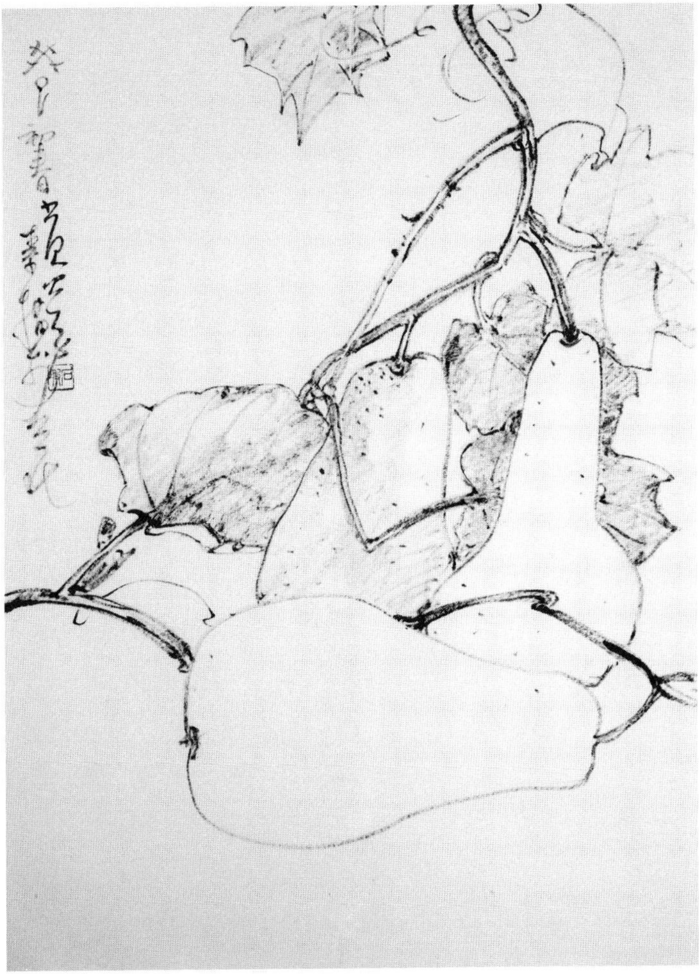

美是人生所追求者。

它是什麼東西，有何意義？或可說它與人生的關係如何？如何認識它？如何擁有它？有如即身又似離去的飄忽精靈，不即不離，可即可離。

美是生理的需要還是精神的寄託？都各有所堅持，也互為因果。不論是高水準的美學家論美，或是平民百姓的美感體驗，美的本質是很一致的。它可能是一種認知，也可能是一種價值。

滿足身心需求

美感源於認知，是刺激與反應間的過程與經驗，它在於生理的滿足，也是經驗的累積。例如人要成長需要營養，也知其需要的成份，可以解決生理需要的，才能完善地表達滿足的表情。而這一點「表情」就是不同層次的美感記號了。有記號的經驗，被選擇出來的記符，便可能成為美的符號。

這一過程的演化，正如墨子所說的：「食必求飽，然後知足。」務必在生理需求得到滿足時，才能感受到美的況味。換言之，生理的需要是一種快感，而精神的滿足才是美感。快感既是生理的，也是短暫的反應，更是動物性的反射，如肚子餓了，飲食則美，疲倦了，睡眠則香等等飲食男女之間的事，這種美香都叫作快感；而旅遊風景區，見春陽映百花，看朵朵白雲忽間過，是視覺上無限的感動，或看一齣戲、讀一篇文章，心神被其內容所感召，甚至得到某一成就、受到某一激賞者，都可稱之為美感。美感是心情，也是精神的、持久不變的人性真實。

沒有快感，就沒有美感；沒有美感，快感無意。兩者之間在人類的生活世界，是個如影隨形的共合體，也只有人類才有這種較高層次的美感經驗與記憶。

而更多美的經驗與記憶，是一項值得探討的課題，那便是「美究竟是什麼」？有何需要？就平日生活裡，如何餬口養生，這是一項基本需求，但食品只要有營養，願意吞嚥，它都是一項活命的食物，就其存在的本質與意義是同等重要。例如，窮人家固然盼望在逢年過節加菜時，有一隻雞腿；富有人家則可能棄山珍海味，而適時煮食青菜豆腐湯。如此看來，雞腿與豆腐湯應該同等值，與家中是否富有與窮困是不相干的。

因為需要就是美，不需要就不美。那麼什麼是需要呢？生理的滿足是本能的反應，只要存在於世間，它是很自然的擁有，或說是保存一份可活命的物質，進而儲存這些物質，以備生存之所需。當這些事物被集體化後，所組成的社會便會進一步要求供需的組合，也就是除了生活的物質擁有外，也要求一種眾人注目的儀式情感。換言之，領導者與生產者、或為可被人尊崇的物質供應者，較之一般的生產者，得到更多的喝彩。這就是社會組成的力量，譬如說農業社會的地主，或富有人家，在擁簇活動與感謝行動中，他們已由物質的需求轉向精神上的成就感。

美是一種價值，也是一種知覺。蘇格拉底說：「美是價值的肯定。」誠然是，美應該屬於知識層面的認知，著重在精神生活的詮釋。尤其在洪荒時代，人對自然界的陌生，以及對自然現象的不解，往往訴之於神聖的威力，而有超人性的種種猜測，或說是演變成為宗教說的原因，也來自這種未知不明的心理現象。

關於這一點，古今中外都有很複雜的傳說與故事，例如西方的希臘神話、埃及法老、諾亞方舟等神話，以及東方盤古開天、西王母娘娘、佛陀誕生等信仰，它們不僅建構人類精神文明史，也安撫人類不安的心靈。不論它們是否真實地存在，但是被認定在知與不知之間的心理因素，便是一項知識的制約。在寧可信其有，不可信其無的價值意義，人類無法解釋自然界的種種引力與延伸時，於是精神的安寧便是神話的傳說的原因，便是美學中的想像機制。

想像的形式化

自然界的神祕，如風如雨、如草木滋生、山水布地，或可以用物理現象解釋，也可以科學性分析，但構成物理與科學的那股力量，又來自何方？可知的有限，不知的何長？於是冥想的時空就廣及人與物的交織與關係了。通常這種導因，是來自想像的形式化。

當然想像並非憑空臆測，它來自前述所提到的認知，想像前的主觀尋求共感的部分，是人與人之間、或人與物之間的記號。當它在客體事實刻記後的符號，具有恆常性的不變時，通常縈繞在人類意識內互為表裡，這便是客體的理解部分，也是主觀可解的要素。

認知是想像的基礎，也是美感的出發點，通常大自然的事物，導引出的經驗，有多重意義的解釋，也有共通的理解部分，如水之解渴、金之閃亮、花之香氣等，必須在經驗中帶進認知的層次上，才能再進一步提昇為想像的象徵意義。美學家桑塔耶那（G.Santayana）說：「假如希臘巴特隆神廟不是大理石的，皇冠不是金的，星星不發光，大海無聲息，那還有什麼美呢？」同理，若在我們的生活環境，沒有亮光的明耀、花兒的艷麗，如何能感染到對光亮艷麗的讚美、或以花為美的人情呢？這項過程的經驗，作為知識的來源，也是美感的投射，誠如杜威所說「作為經驗的藝術」的說法，事實上是一種唯物的認知過程，也是美感行為可以實現的成份。不知不覺，即知即行，是事物與人情的交替，也是由記憶部分合組成的經驗，足可供給傳達情思的記號。好比情人節送花、巧克力，或是紀念日的紀念品。

認知是物象人情的記憶過程與基礎，它有自然界所有可能的現象，然而卻也是人類可作為想像的開始。想像則是審美經驗的重要因素，即如認知的想像與創作力的想像，前者指的是探究物象的真實如山川景物，通常有較為穩定的信息；後者則是人情的變數，有主觀意念與象徵，亦可稱為浪漫感情抒發，也是藝術創作多樣性的根源。不過「人心之動，物之使然也」，兩者之相輔相成，「人稟七情，應物斯感。感物吟志，莫非自然」，吟志、自然的相關，是聯想的作用。

譬如日常生活中，看到貓狗之類的動物，由於它們靈巧精明，有種親和可愛的心境，當與類比的情境出現時，便會聯想到如此造境的形象，如白雲蒼狗，或巧雀輕盈的事件，這種以物喻景，以景引情的知覺想像，不論是文學家、美術家的創作作品，常可依其想像程度，體悟出其藝術性，好比文學家說：「春風輕拂，未能撫平心裡的創傷。」這裡的春風與創傷有何關係？它是想像的類比，是聯想中的情景交融，也是審美的一種狀態。

又說創造性的想像，更深層的哲思，它不完全可以用類比的方式，把情景相聯，而是獨立思考的創造行為，它是反應多次的象徵造境，在人類思想的範圍內，最不具可數的感知過程。藝術家可能在風雨中感悟故人來的情境，或在無處可發的白髮三千丈，或是魏峨黃山連天壁的遐思，無法形容它的來處，卻是其來有自的多項資訊的綜合。記憶、經驗是創造性想像的基礎，但不是想像創作的全部。「因為創造性想像的動力，並不是某種極力想把某些記憶圖像恢復和複製出來的願望，而是他所認識到和體驗到人類的情感」。作為創作性的想像，既然是審美的重要步驟，但它的動力，卻是情感，因此情感成為人類審美的靈魂，也是組合社會生活的激發素。

境由心生

情感不是獨立於思想之外的名詞，也不是孤立不群的整理，它必然來自知覺經驗之後的累積，以及聯想客觀事物的主體判斷，並且在主體呈現聯繫時，人類主觀的意識，也得承受集體社會性的影響，所交集的共感部分，是藝術美的存在事實。好比我們看到花紅柳綠，知道風晴雨露，這花、雨是客體事件，卻不是事實的全部，而感知花的紅、雨的濕或風的動，便是知覺後的感動，若再加上「五月相思花正濃」、或是「高樹曉蟬，說西風消息」的愉悅或思念的情緒，這便是情感的美學意義。

人類的情感廣泛而多方，它的滲透力豐沛，而動力十足。人類因情感而幸福，也因情感而傷神，因為它有移情、有聯想的作用，多少美術品、文學詩詞，卻是因為情感的涉及，才有令人意想不盡的作品。我們看到山嵐輕煙繞紅瓦，領悟到深夜燈火晃山城。這些是怎樣的心情？事實上它是一種知覺、想像與情感的呈現。「人的情感生活實際上是一種興奮，是各種心理要素——意志、思想、想像——充分活動起來之後，達到的一種興奮狀態」。誠然是，興奮來自情感的投入，也是情感亢奮的狀態，有人養花植草、有人往來商旅、有人服務桑梓、有人專愛吶喊的種種情緒，就是興奮情感的具體呈現，是事實卻不一定有的道理。

情感有意識和思想的成分，當然也有不知名的擁有心理，而不數可知的情感，究竟如何分析與理解，則是審美經驗的另一要求。生理上，情感是血緣的流通，自然有血濃於水的情感；心理上，情感則是一份期待與承諾的感通，有種理智上的道義，是情到深處無怨尤的境界。

理解是對不同於實用狀態的虛幻狀態的解析。換言之在真實生活中，如何區分出哪一些是真實部分，哪一些是造境部分。真實是生理的現實世界，造境是心理的虛幻世界，前者是客體，後者是主體，兩者都是有社會性的生活價值，很直接又很高遠。

真實生活，平原青草、高山流水、稻香曖曖、林木森森，這是實境，卻也是造境的開端，人類可將喻為農舍遠村的心境，或為「江邊一樹垂垂發，朝夕催人自白頭」的遐思。景物可知、意象可明，在景與境、意與象之間，人類是否有種讀萬卷書、行萬里路的理解呢！或是「得意忘言」，不言而喻的圖像結構呢？

當人類看萬里長空無雲霞，共嘆生命無常時，將有一種普遍性的共感部分，也將會轉結成一種記號，並且輾轉相乘，把簡單的反應記號。整理歸納成為較複雜的符號，使人類生活趨於複雜與豐盛。它不僅可以理解虛幻的歷史經驗，並且從中取得生命的存在意義與價值。這些靠感官與情感交互應用理解現實的能力，也是審美的經驗。好比「梧桐樹，三更雨，不道離情正苦；一葉葉，一聲聲，空階滴到明」中的自然物與情感的寄與，是普遍性的理解與應用。

境由心生，心理的剖析或生理的現實，大都是由經驗而來，經驗來自認知的過程，也透過了想像、情感與理解等多種因素，才能完成審美的歷程。它是屬於心理學、社會學與哲學的範圍。但美的層次，也因此程序與人為的體悟而有變易。例如看月時，有人只知那是一輪月，有人卻可能寄上祝福，明月千里寄相思固然詩情，而中秋望月則有更多的情愫。

美的心理因素，也是社會意識，更是人與人之間的記號，或為傳遞人文思維的經驗。若說它是一種價值，也是一項儀式的心情時，我們看花愛花，其香非在蕊；看水知水，上善若水；看山遊山，登高山則情滿於山，諸如此現象，就不是視覺性與知覺性的詮釋，而是情感寄託，入性入情的精神領域。

誠如集會的音樂或掌聲，是儀式上的氣氛，也是提升精神的動力，如風向形成，或徐徐清風，搖曳在椰林樹梢上，又如潮水般自湧在心靈充盈的境界上。人類在進步的歷程中，這些美感的需要，正是生命受到激勵的興奮。它來自社會意識中心理的滿足，勝於無知的生理循環。因此，久旱逢春雨固然有美感，絕望中的希望也是美的本質。

不知今夜蟲聲唧唧，清風明月透窗來，屋裡無人獨飲時，想起雨跡雲蹤，在飄散、在悠遠，美否？事物的認知，聯想的寄寓，情緒的起伏，理解的感動，美感抒情，物我相忘，無關語多時的喃喃。

但能不關心這風這雨、不聽自心底浮起的那一份關懷？是如何才能感悟到美的存在呢？美可知可感，可言可思，卻是知也無涯，感之無限，我們能尋覓的有多少呢？

藝術之美

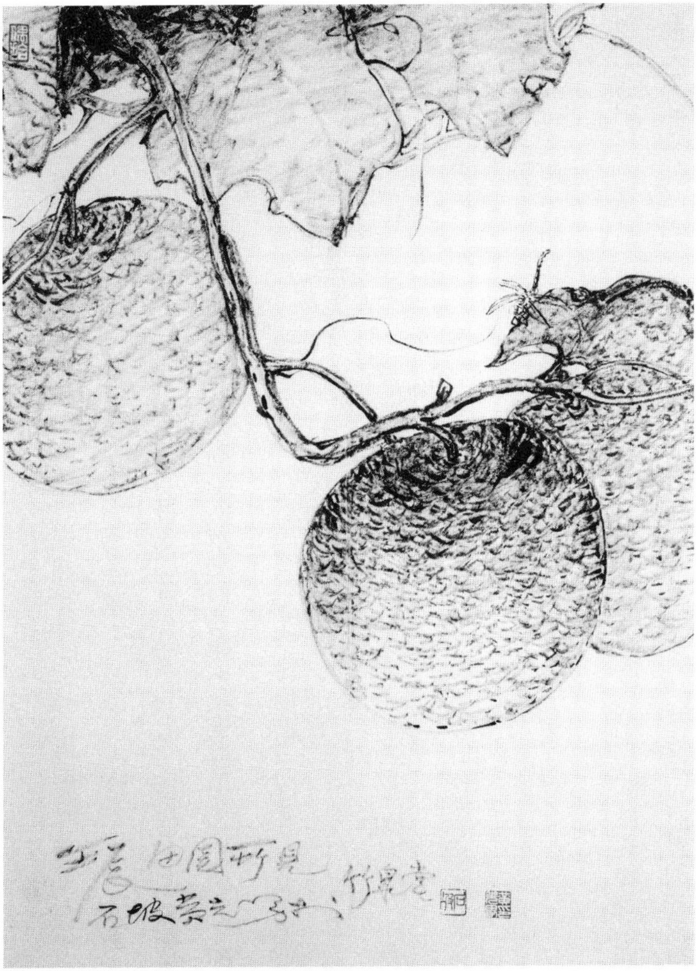

藝術之所以可貴，在於能忠實的表達人性。無論在創作或欣賞的過程中，藝術的存在體現了人類內在具有普遍性的共知共感。然而，人性中除了美感生活的追求，亦必須面對世俗生活的種種威脅與妥協。因此，人類藉由倫理的規範與秩序，維持群體的安定，希望在約束下，使多數人獲得最大限度的自由與幸福。

然而，美感與秩序之間是否有共通處？今日人們所認知的藝術，往往指向一種精神上的激情與對極致的追求，而倫理則是社會認同上的限制與秩序。兩者皆因人性而生，卻似乎為完全相異的領域。

事實上，從宏觀歷史的角度而言，何謂藝術？何謂倫理？隨著不同時代與文化背景，在內涵上有所差異。藝術與倫理是否為人性中的衝突或互補，可以有多元的詮釋。而這些探討的基礎則根植於人類主體性的客觀角度。

藝術與倫理──美與善的體現

人類生活中無時無刻不遭遇美感的衝擊與倫理的命題。由於兩者關懷對象的不同，在形式上的表現亦有差異。過去諸多對藝術的詮釋往往伴隨著對美的詮釋，而對美的詮釋又往往延伸為對價值、現象、感官、精神與思維的探討。廣泛而言，藝術需將感情融入技藝，透過感官的體驗達成，以飽滿的語言結構創造精神性的超越與感動，將人帶離日常生活的瑣碎，體驗精神上的超越。

若將藝術形容為人性中不安於現狀，追求創造的因子；倫理則是秩序的傳承。倫理源於世俗性，深植於關係網絡中的倫常之愛，如人與天地、父母、師長、夫妻、朋友等關係，透過世代的傳遞，為社會建立普遍的道德秩序。當然，如同人類文明發展過程中諸多變遷，倫理的內涵亦隨著不同的時代而有所調整。

藝術與倫理皆源於人類群體，是人性中美與善的體現。藝術傳達精神層次的感動，倫理維繫現成的世俗情感與社會價值，兩者在人性中具有互補的意義。藝術追求的精神自由固然美好，但若未具備人世的終極關懷，通達人世倫理的核心，則可能將藝術追求的自由推向自私任性，或毫無目的感官與精神刺激。同樣地，倫理維繫的社會秩序固然良善，但若未具備主體性的思維，不求甚解的盲目跟隨世俗的價值，則消磨了人類本應具有的理想性、創造性、想像力與勇氣。

當前社會中，仍然充滿著許多以美為名的自私，和以善為名的暴力。以近年來世界關注的動物保護議題為例，人類為追求感官與衣著上的華美，不惜大規模的捕獵動物，以掠取牠們身上的皮毛，使許多動物瀕臨絕種。這種對美的追求與動機，乃出於人性中的自私，所呈現出的行為卻是醜陋的暴行。以善為名的暴力，則更頻繁的出現在今日的社會事件。許多假藉宗教之名的神棍，抓住人心脆弱的一面，以詐騙或威嚇的方式控制人的行為與思考，這種行為不僅是一種偽善，也使得人與人之間的信任感消失，製造更多的恨意與惡行。

藝術與倫理，分別象徵著人性中自由與愛的企求。兩者的關係即是美與善的相輔相成，使人性得以圓滿。然而當代西方美學的觀念中，較傾向兩者的衝突而非共融。以盧貝松一九八八年所拍攝的《碧海藍天》（*The Big Blue*）為例，將潛水家的渴望和理想對立於他的生命、愛情和親情，電影的結局主角選擇放棄性命，奔赴他對海洋的渴望。在西方文化中，追求美的過程相當於建構主體的完整性，而此往往和人世間的善產生衝突。也因此，存在主義哲學家沙特提出：「他人即地獄。」

安身立命與精神超越

不同於西方思維中強調個體與人世倫理的衝突。中國傳統哲學的思維傾向將本體融入客體，關注人性精神需求之外，也需具備一套自處於世的行事法則。觀察傳統中國人過年，一定要穿新衣、戴新帽、進行大掃除，以象徵除舊佈新；又依照輩份順序互相拜年以表迎新賀歲之意。再來，門面上也一定掛幾幅春聯，作為對未來新年的祝福。從這些依照倫理所行之習俗來看，人們想著如何穿新衣、戴新帽，一方面是對新年的祈願，另一方面也激發對美感的追求。

在中國傳統哲學的思維中，藝術與倫理可謂一體的兩面。孔孟哲學中的安身立命與老莊哲學的精神超越，使中國傳統一脈相承的文化與藝術，多能呈現儒道互補的觀念。孟子曾云：「惻隱之心人皆有之。」美感源於每人心中，藝術之情，因為能夠深切體現人世的悲歡離合，故可藉由創作達到眾人之共鳴，進而激發人性之光輝，闡揚倫理之珍貴。以清末民初的黃花岡之役為例，熱血青年為了實踐為國為民的愛國倫理，甘願為理想的信念拋頭顱灑熱血，在此戰爭中犧牲的勇氣與情操，激盪出燦爛的人性光輝，此種絕美是倫理的實踐，亦儼然成為人世間的藝術絕作，長存於後代的緬懷中，久未遺忘。

孔孟的「里仁為美」、「充實為美」或老莊的美是自然，是善水，都在人類求知的演化中所體悟的共通原理，它是自然的道理，也是人為的秩序，賦與藝術品的符碼。以水墨畫中的文人畫為例，畫家可藉由其作品，對社會現象發出批判或情感上的抒發。而從社會學的觀點而言，繪畫境界就是個人意念的強烈反應，亦為創作者人格的投射，故畫能反應人格的高低。其性雅志高，其畫所表現之意境必清；其性乖戾，其畫必暴。畫者，心志也。「師造化，不如師我心」的說法，心即意，意即靈，那麼心靈就是作者的軸心，也是欣賞者的視焦，更是創作者與觀者共感的資源。唯有表現出藝術家心神意念的作品，才能震懾人心。否則便流於如同裝飾品的廉價。

道成肉身

倫理可解釋為對人類群體的合理分類和道理。而道惟一，藝術的形式卻千變萬化。藝術家從事繪畫創作的靈感，除了來自瞬間的激情，亦是日常修為的體現。作者超脫現實的情境，在意念中燃燒，即時付諸行動，因此畫面的表現，便呈現出個人生命體的投入，作者與環境的互動共創時空永恆。

藝術是創作過程中的動能，藝術必有人性認同的中心。換言之，藝術創作或欣賞藝術品時，其共知共感的意涵在於人性的普遍的想像力。那麼人性在何處呈現，有何特徵，它不僅是倫理的問題，也宇宙秩序的循環，每一條理或某事件的發生也必有其因果關係。

在傳統中國的哲學思維中，藝與道兩者相通，是為通達事物本質的途徑。人在其中能尋求感性與理性的融通。時至今日，藝術亦經常以極端與挑戰社會的形式實踐創作，在解構常規的過程中，重構人性。此時的藝術能顯現創作者獨有的倫理觀與思維，並在不斷地反省與內化中，倫理不再只是外加於人的規範，為人心與道心的統合開闢一條出路。

藝術美在於知識美，並不全在於自然美；因為自然美存於宇宙的真實，是物質互動平衡的存有，它具有強烈的社會藝術的性質。藝術美是人性認同時知識判別的選擇，這項意念植入美學領域，使成為藝術創作根源。它無預設善惡，沒有主觀的偏見，卻是客觀的實體。

藝術形式本於藝術內容的產生。藝術內容所呈現的形式所具有的特徵，必與人性共感有關。在此略分為視覺秩序與心靈歸屬。視覺秩序具有客觀形式的普遍性，好比形式分佈的形質，如強弱、枯榮的對比，或是對稱、漸層、均衡的協調，將這些形式符號擴充在心靈歸屬時，必能了解藝術品創作的意義。

藝術品是藝術創作的成果，不一定是有名的藝術家，凡是人性共感的創作，它都會感動觀眾，因為藝術外在的型態，包括線條色彩，圖地翻轉，都是人性調適的結果，在判別資訊的知識性感應時，它呈現的普遍性與獨特性，使成為作品是大格局或小記號的要素。具體地說，藝術品能否被接受或喜愛，必須在觀眾知識範圍內，得到精神感應的共鳴。否則藝術品只是在「應酬」間，無情意的交易，在時過境遷後，便一無所悉。所以藝術品要具有時代、環境與個性的凝聚。

以西方文藝復興時期，經常出現的宗教藝術題材為例，藝術家透過繪畫，呈現宗教藝術之美，並非為了自己的利益，而是希望藉由美的創造與感動，使大眾理解耶穌救贖人類，甘願被釘上十字架的犧牲與愛情；並由此引發人性光明，呈現之神性光輝與人性之美。

藝術與生活

生命存在的事實就是人生，那麼「人生自古七十少，前除幼年後除老，中間光景不多時，又有陰晴與煩惱」的現實，更需要精神的提升，例如「到了中秋月倍明，到了清明花更好，花前月下得高歌，急須漫把金樽倒……」的認知，豈能等閒視之。所以才有歷史、文化與藝術的生活。

藝術是人生的修行、生活的態度，與倫理互通聲氣。東晉陶淵明因其高風亮節，不為五斗米折腰，以簡樸清幽的態度過生活，此種生活態度讓陶公身處紛亂喧囂的塵世混濁，仍能使內心保持清明如鏡，因此才能感悟到「採菊東籬下，悠然見南山」之美境，讓藝術發軔於生活當中，也讓生活處處充滿美感。蘇軾被流放南方，顛沛流離之下，仍貫徹作為人民父母官的職場倫理，受到人民的愛戴，今日江南才有蘇堤春曉。雖然蘇軾的宦途並不順遂，但他卻能以怡然自得的心情去發現生活之樂趣。因而能寫出「惟江上之清風，與山間之明月，耳得之而為聲，目遇之而成色。取之無禁，用之不竭。是造物者之無盡藏也」如此豁達樂天之美詞，縱然過了幾千年，人們仍能從他的書法、詩詞造詣，感受到他對生命之熱情與對家國之想念。

山嶺青岩，白雲嵐氣，虹橋彩光，小溪游魚，或晨曦暮靄，美嗎？秉燭夜讀，功成名就，或自強不息，也美嗎？其中的洞房花燭夜，金榜題名時，老友重逢日，也美嗎？它和有形的藝術品比美，可高可低否？

人世千變萬化，藝術的呈現更顯得多元。藝術生活指的是精神生活，是倫理生活，更是創意生活。我們愛護人類，便有「己所不欲，勿施於人」的想法，我們有「萬物靜觀皆自得，四時佳興與人同」的感悟，甚至「我見青山多嫵媚，青山見我應如是」的同理心，那麼藝術倫理便與生活倫理結合，所以有天、地、君、親、師的論點，也有人溺己溺的同情。藝術在不斷的調解生活秩序，美學於焉產生。

而今國際間政治人物多以低俗言語相向，踐踏污蔑與之不同立場者，以為威風凜凜。縱有流利口才，與令人難以望其項背之高學歷與職位，行為卻不登大雅之堂。螢光幕上的政治人物為了譁眾取寵、誇大其詞，甚至不惜反其道而行的醜陋表情，映出倫理的反常，更敗壞社會風氣。道德倫理反常，凸顯出藝術生活美感之瓦解，所謂包著文明外衣之國度，卻在短視近利的價值觀侵蝕下，不斷上演匪夷所思、難以理解的事件。其實，生活原本就是一種藝術，唯有將藝術與倫理容入生活中，人類才能體現人性中真善美的境界，也才能擁有生命的光彩，繪出屬於我們的生命藝術。

臺灣居民生活在民主、和善與安全的環境裡，藝術生活在不知不覺中佈滿在環境氛圍中滋長，好比宗教藝術的展演，更是全世界首屈一指的熱鬧，例如廟宇文化每年所舉辦的迎神賽會，以及因宗教宣教的需要展開不同層次的藝術展演，所參與的民眾幾近人口的三倍以上。

除此之外，不論教育單位、社團、文化等非營利事業，所能提供的活動，以藝術展演結合大眾時，除具教育性與文化性的功能外，藝術與生活是相輔相成的兩端。它所提供的「幸福生活」有更為高遠的價值。

發展與提升

藝術發展，是知識覺醒的情感匯集，其中令人深度了解的思想，亦即時代思潮的需要與提倡。之於社會發展而言，它有舉足輕重的功能。

藝術既然是生活之餘的產物，也是據以提供生活理想與方向。換言之，藝術美學已成為大眾生活價值的目的。

藝術之所以有用之不盡、取之不竭的生命成長要素，乃是它所要求的真實與道德倫理，與人性善良的創意有關。例如廣漠平原，除了可以種植農作物，有利於大眾生活的物質需要，並在錯落有致的農舍、裊裊炊煙伴青天，翺翔煙雲入青冥的圖像；又如華燈初上萬燈明，夜市喧囂知人情的台灣巷道文化，豈不是一項文化昇華的溫馨嗎？

藝術是創作，藝術必須要有美感。有美感的藝術品是項有秩序、有理想、有成效的工作，我們期盼藝術與倫理之間，欣賞與品味之間，藝術美緩緩提升。

生命之美

生命是什麼？有諸多說法。有人認為它是物象的繁衍，是屬於生物的，是細胞繼續分裂；即使是單細胞生物，如變形蟲，它也持續地增加細胞的活力。若再明確地說，生物之能夠維持汰舊推新者，就是有生命、有機能。以此類推，生命是有機活體的進化或衍生，相對的它也是無機體物象的審視，正如植物受到光合作用，使無機物象成為有機現象，所以說：「誰知道物質不是由有生命之本體退化而來，而無機物和機械性不是已逝生命的殘餘物呢？」[47]。

「人」的特殊性

在物質循環的不滅中，屬生物者，可分為動植物；屬礦物者，則得以自然物體的物理、化學反應作為物與象的詮釋。動物有生命，易於區別與分類，好比人可以思考、可以學習、可以感應、可以行動，還可以主宰其他想像到的行為模式，但人以外的動物呢？它們是誰？它們會學習嗎？它們自有保護機制，也懂得集體抗敵，對於後代的呵護，有時候更甚於人類。我們常可看到動物的行為，求偶、搶食、爭取生命繁衍，似乎它們更直接了當。如家畜中的貓狗，當它們為了下一代的生命，不惜瘋了似的採取主動，使出最大的力量來交配，事後又如何呢？生命和經驗有關，與猶豫無涉，所以在動物與生命的詮釋中，人是複雜的，而動物則簡單直接。

至於植物，其生命體往往密藏於敏感部分，植物有無感應？答案是有的。植物的成長常被象徵、被圖騰為人類的意志，例「歲寒三友」或「四君子」的意象，必有環境的成長意義。又如蒲公英在夏日開花，花絮如雪飛揚大地，為繁衍生命，它藉風力散播種子。又如代表愛情的玫瑰，顏色越來越多元，樣貌也越來越花俏，這不也是自性的繁衍嗎？台灣蝴蝶蘭花種，由紫而紅、而淺黃、而純白，其五花十色的成長，不亦植物性的繁衍嗎？眾所周知，植物有向光性、向水性、向空性與向上性，豈非它們性格之伸展？或謂植物沒有生命，那是全然的錯誤，君不見修枝後的茄冬或楓樹，會流出血也似的汁液，這豈不是一種性靈或靈犀嗎？

而礦物或自然物質是否也有生命的課題，似乎並沒有被忽略。「石蘊玉而山輝」說明石岩可堆積成山[48]，但它對溫度、濕度、引力與坐落的位置上，是具有敏感的神經結構的，若

47古斯塔夫．西奧多．費希納（Gustav Theodor Fechner, 1801- 1887），德國哲學與心理學家，曾提出「韋伯—費希納定律」，以公式表現心理感覺與物理刺激之間的關係。

48西晉．陸機，《文賦》：石韞玉而山輝，水懷珠而川媚；彼榛楛之勿翦，亦蒙榮於集翠。

其位置不佳、重心不穩，或被蹂躪不堪，它會傾斜、會崩潰，它的力量是超越人的。「水懷珠而川媚」的情況亦然，水可載舟亦可覆舟，當上善若水時，它是溫柔的，當它成為怒濤則是兇惡的。物象為體，水性為用，是以自然界的礦物水象豈無生命？其物象與性質，亦為自然界的生命體吧！

從宇宙觀論之，生命又和時間、空間，有著絕對與相對的關係。地球是宇宙間的一個星球，被制衡於太陽系中運行，它的運轉成為人類四季作息的規律，而地球的歷史不見得比其他星球為久，這是生命流動的外在條件。若以其陸地與水域的空間分配究理，它的生命意義是否也與人的生命有所類比呢？似足引發更廣泛的討論。即如無法用知識推理的想像詮釋，時空之所以成為生命體所必備的條件，包括人類生死、物象的起滅，或不定性的損傷，時空被圈出它的光輝與幽暗，在矛盾與和諧中，值得被比較與類比。

更具體地說，生命的感受是人，人有思想，所以有知識與經驗，才能在物象與人情間了解生命的意義，因為「一個能思想的人，才是一個力量無邊的人」[49]，因為有思想，才有行動、才有活力，生命的意義於焉產生。

生命美學

生命意涵，在以人類為主體的各項環境中，動植物或自然物象的生命，是一種平衡、牽連與互為表裡的關係，繁複而緊密。任何有關生命的解釋或體悟，「人」的角色具有主要地位。那什麼是人呢？是碳水化合物嗎？非也，因為這樣的解釋未免過於簡單化與物質化。人是生物，也是動物，也是有思想、情感與行動的實踐者，或說人可學習、可思考、可以積累經驗者，這都是我們要說的範圍。人的生命意義究竟有多少能量，是值得討論的問題。

人是萬物之靈，是宇宙的重要詮釋者；是物質，也是精神體；是文化，也是歷史。錢穆說：「人分為三個層次；屬於物質經濟方面的，是人對物的問題；屬於政治社會方面的，是人對人的問題；屬於精神心靈方面的，是心對心的問題。」人對物的基本需求，如衣食住行；人對人則是秩序與權責的問題，人是競爭的；而心與心的問題，則在精神層次，是美與善的同理心，同情心中的心靈。

49 語出奧諾雷．德．巴爾扎克（Honoré de Balzac, 1799-1850），法國大文豪，與托爾斯泰並列為現實主義文學大師。

基於這三種層次，人擁有物、人與心的共通性與普遍性，因物質的需求，必先求飽，然後知禮儀。在原始與文明間，人有許多的思慮與決斷，不能傷己為先，才能不傷人；不會傷人，才能有「人同此心，心同此理」的意義，才有心靈的溝通與互動，這也就是人類文化被尊重的要素。茲將這三種現象陳述於后，希望能從中了解生命之意義與美感。

．滿足需求

生理需求與滿足，是生命美學的開端。人在百歲生命中的主要需求，即是繁衍的本能，這也是保護生存的條件。在這個本能中，物質不滅論或許可派上用場，凡物都有「形變、質未變」的存有，從單細胞分裂的觀察來理解，生命的衍生，即使僅留單性存在，它依然可由單性演化成新的生命。檢視低等動物，在它需要繁衍下一代時，即便把雌雄斷頭，它仍然強悍地有交媾的行為發生，生物學家喻之為生命的原性。我們還要關注到雄性與雌性之間，為了要引起對方的注意以進行繁衍下一代的本能，常常演化外表的綺麗，或是分泌一種特殊的體味，以為求偶的必要條件，例如孔雀或公雞，披有鮮麗的羽毛或冠肉，當發情時，便能孔雀開屏，或雞鳴喔喔，這是求偶動作，或是進一層美豔炫目的舉動。人是動物中之「聰明」者，他的生理需求仍然是自生的，也是天然所然，只是人因有社會行為，便把一些原相的動作掩飾，因而有「地下情」的情況發生。

人的生理需求是有很多面向的。性的慾望基本上是動物本能，但為求偶或擇偶，往往有極繁複的動作與趨力。當兩性不相識卻有幾分眼熟時，事實上，常常是自己形相的縮影，也是自己想與之交往的偶像，若此時有成熟的機會，便會引起一些追逐的行為，包括爭奪、排斥或戰爭。古今中外，為異性而挑起戰爭者歷歷在前，不論是特洛伊王子或是拿破崙，他們的功績與愛情故事，皆被視為生命光芒的折射作用。

市井小民和王親貴族都是人，人的情慾是生理的需求，加上身體、健康或存在的實體，便有很多的規律與約束，然就生理中溫飽、繁衍子孫的安排，便有婚姻關係，有裝飾的必要。儘管年老色衰，但「色」本身，除了外在形式外，內在的滿足，則是美的起源。英國經濟主義告訴我們，美感就是快感，美就愉快。在這項論述上，我們很容易感受生理需求得到滿足前的驅力，就是美的力量，而情緒成為經驗是維持美感的決定要素。

任何有關生命流動中的美感，在需求與不對稱的相對中，凡能引起愉快或滿足的人、事、物都可能產生美感，與人生原相的意義。人要求生理的滿足，除了繁衍下一代的愉悅外，更要符合社會規範。換言之，當客觀條件從主觀認定得到紓解時，美感是主觀的心理作用，美與美感、美與需要是同等意義，所以休謨說：「美不是事物本身的屬性，它只存在於觀賞者的心裡。每個人心裡見出千種不同的美。」這種看法，正是我們世俗間常提到的「情人眼底出西施」，或是「緣份天成」的解題，當人的求偶條件不在現實，而在本能時，往往是在自己最直接感通的部分上，乃主觀意識的需要，而非客觀屬性的條件。

這種包含為自己需求與誇飾的行為，正符合生命中補償作用的反應。美感存在生理需求是最美，生命是生理延續存在的現象，存在就是美學，也是生存的意義。

・競爭與比較

前述人與物之聯結，使美在生活上得到滿足，就產生了生命的意義，但它畢竟是屬於生理的基本結構。我們要說的生命之美除來自生活的美滿外，人的生命尚有很大的部分在爭取群體的認同，或成為一種生活的典範。好比歷史上的偉人，大致來自皇戚貴族的設立或爭取，即如秦始皇或羅馬皇帝，他們爭取權力、爭取領導，就生命的流動上產生更宏大的需求，要不然不惜征戰與犧牲，人並沒有太多的意義，有了這一層競爭與比較，那一份成就感，便產生巨大的吸引力。

這項過程，有精密的設計，有莊嚴的儀式，更有群體與個人相融的力量，當個體能在群體得到認同時，個人的名聲便凌駕群體之上，是責任與權力的肯定。因此，權力是爭取來的，也是奮戰來的，換言之，要得到大家的服從，需要智慧、勇氣與才情，但論這些內在能量是天生或後天的學習所建立的「權威」，必在群體與個人之間有一份從屬的模式，這也是人在社會中所規範出來的。規範的原理、原則，成為從屬權力階層的組織條例，凡人都在爭取成為最後最主要的號令者，這是人生一種漫長奮鬥的動力，當這項理想被完成時，必然有巨大的權力與動力，使其雖老之將至，而不知其老。此亦何以集團、國家的領導人會受萬民尊敬，渠實為人生存在的動力。

當然，在人的世界裡，競爭與比較，是比其他生物繁雜的。生物世界裡，只要是勝利者，達到原始的目的即止，而人類卻有更多的野心或追尋，包括取得權力之後的安排，或比之更高的權力結構，是深不可測的「人情慾望」。其中名譽或權力的平衡、責任與服務的分配，都在追求「真實」上著力，這個真實是理式？還是感覺？則是要求概念的永久性與普遍性產生，也就是「有口皆碑」的真實反應。有這一層真實反應，便有「真理」的信度，而普羅大眾在物質滿足的過程中，追求真理的理想，是建立名譽的過程。

名譽來自競爭與比較的結果，生命美學就是在這領域上得到讚美或肯定。坊間多少人整天沉浸在書堆中，或成天週旋在人群中，看智慧、看服務的內容與層次，也看他的動機與行為，當這些結果得到肯定，熱情便得到釋放，情緒因而亢奮，這是生命成長的溫度，也是生命意涵的詮釋。

這種導致「止於至善」的模式，有時候可推移到宗教家的佈道或論述，抑住不穩定性的變易，留住可為「善」的適當安置，不論物與物，或人與物之間，其相對引力取得平衡時，美的持續穩定必然存在於行為模式上。因此，競爭或比較是生命存在的兩項必然，生命除了存有，亦在人與人，或人與物之間有依存，有共相的事實，才能導致生命產生光彩，才能引發人類不斷開創的美學概念。

・美在價值

美的價值或價值的美，重點在心靈中心對心的事件上。

當人能以心對心的思考模式時，便是人生的本質部分，也是人生美的極致目的。

人除了有動物的本能需求，還要有成就感、歸屬性與自我實現的理想，這是一項高級行為的心靈活動，是可感可知的價值認定模式，之所以美在價值說，乃存在倫理、秩序與社會生活的歷程上。不論談倫理的層次，或是人倫中的秩序，我們還可以審視自然界的運行軌跡，除了天體的引力平衡外，我們強調人倫中的層次與道理，便是宇宙間保有距離與時間的承載問題。

眾所周知的美的形式，在於比例、對稱、統一、協調、漸層或輕重、緩急等，都可從物理性取得驗證，在此不再贅述自然物體的排列與組合，是合乎邏輯上的秩序與理性，但就美在物體上的視覺經驗、秩序引發美感，正如人倫導致唯善則美的關聯性。因為形象的認定是由感官所承受，當形象被認知為美或不美的過程，是透過知識所透析的選擇，或也可以說是形象美與否在人類思維中判別，這些道理一則是物理，另則在心靈。心靈在知識與經驗的多少而定，所以說心靈之美在價值，問題是價值的具體陳述亦可能在秩序的排列。西哲畢達哥拉斯曾說：「數的諧和就是美。」意指在秩序討論上，才是美的符號。亞里斯多德也說：「一個有生命的東西，或是任何由各部分組成的整體，如果要顯得美，就不僅要在各部分的安排上見出秩序，而且還要有一定的體積大小，因為美就在於體積大小和秩序。」換言之，秩序就是倫理，就是一種規律。

當美的要素來自秩序與倫理時，不論是色彩的分布，物象的比例，或是人倫中的長幼秩序，時間與空間的安置，皆得到應有的和諧與悅目。引申在生命的消長，如慈祥尊親或可愛孩童，按生理秩序運行，必是依序成長，或依序更替其應擔負的角色，如此才能促發生命的光輝。

將倫理的長幼有序或生命的成長節奏運行在社會的發展上，便有個體與群體之間的互動關係，也就是說人在社會的角色如何？在個體尚停留在自然界生態時，可能只是自發性的存在，但個體投注在群體時，便產生繁複的變化，其中有善的動能，也有物的現實，面對這項問題時，群體意識也就是社會意識，必然左右人的行為。若追求物質需求者，必然忘卻心靈的安置處，反之，自發性的心靈價值與理想，必然在「善的行為」上有所選擇，有些人投入社會公益，有些人信奉宗教。前者是很直接的心靈奉獻，後者則是心靈提昇的契機，人類便在這種省思與行動中，肯定了生存的意義。

再者，生命消長的過程，或許還有很明確的行為規範，都納在價值的評量中，人可否為所欲為，不受社會規範，例如婚姻、家族，這便是社會的約束力，也是道德行為的考驗。因此，道德在人類生命更替中，應該在有益的行為中被體現。而道德探究，是人類品格的考驗，所以「沒有偉大的品格，就沒有偉大的人，甚至也沒有偉大的藝術家，偉大的行動者」（羅曼·羅蘭）。品格沒有一定標準，卻有一定的水準，生命的價值，或許就在一種信念、一份堅持、一份善心，以及一項自我實現的理想。

在「利他」的行為中，生命的光輝最容易顯現出來。「利他」乃在道德理念中，也得在心靈的感動處，對社會發展所產生的價值，此乃生命存在的意義。

我們肯定這些價值，也肯定空間的時間意義，它成為文化議題，也是人類心靈共通的問題，「人類文化中最堅實的一項東西便是心靈，它能啟發、能感動和積累、能變化、能享受」（錢穆）。心靈是項價值，是心與心感通的原動力，因為它的存在方可判斷自己的行動是否有意義、有價值。有價值的人，必定是有益社會的人，他的生命必然勃發興盛，充滿美感的活力。

生活藝術

生物的喜悅、活力，是生命的跡象，而存在的喜悅活力就是美的象徵。活力是希望，也是美，人類對美的詮釋不一而足，也沒有確切的統一標準，只有客觀的現象依存在人類的生活中。所以生命的意義中，「美」是最難詮釋的字彙，不論是哲學的美學，或文學的美學，或現實的美學，都無法說明白。但有一個共同因素，就是美在心靈，在人類靈魂深處，隨伴著生命的活動。

眾所周知，美的起源，如擇偶時的特殊動作，歌舞與色彩、勞動節奏、紋身自娛、刺身耀人、儀式呼喊，或佯信嘻戲等，有些可從生物動作探知，有些是人類行為歸納，但有一個共同點，美是性別互為吸引所造成，或為取悅、保護、擁有、繁衍的動機，再演化成為生活的一部分，甚至說是人類的生命寄寓，包括愛情、禮儀、期待的生活變易。

．美的詮釋形式

對於生活中的美感或美的詮釋，約略分三種形式，第一是基本美，在生物體、或人身的檢視。凡有「需要」的事物就是美，不需要就無關美或不美，凡有害於自己的就是醜，因此美與醜是相對，並非絕對。在人身的應用上，所有事物的形狀與色彩，是否被需要，或需要的多寡，分別會給人生活上的不同反應與情趣。基於此論，美似乎與實用有所關聯，也有所區別，對人的生活來，說美的涉及程度，和自己的需要程度或擁有的多寡有關，尤其是擇偶的動作，以及妒火中燒的情境都可以看到基本美學在生活的需要。

第二是自然美，是生物與生俱來的本能。以人類身體來說，他有各種器官功能分辨顏色，辨別造型，選擇安居處，有視覺、聽覺、嗅覺，可對付生活周遭的問題，好比面對四季景色變化，我們的心情亦會隨之改變，看到夕陽，會感受生命的消長，凡此景象，都直接告訴人們的生命跡象亦應如此，使之類比，而引發生活的美感與創作。

第三是藝術美，是後天學習的共知共感美學，也是人身美感再生的方法。因為不論自然美，或基本美，它是客觀事物的條件，若沒有人類的智慧則不能分辨它是美或不美，所以藝術美在於人為，在於人的價值肯定。

人生的價值是什麼，是名譽？利益？權力？還是私利？它們雖也是構成人生價值的因素之一，然卻不是價值的終極。價值對於生命而言是理想、希望、公益的事，有益於大眾，又能啟發人性之美的事。若失去這項理想與動力，那麼人之異於禽獸者幾希？還能談美或不美嗎？所以美的呈現是在自然社會共識下完成，並不是凡事計較美否？「天下皆知美之為美，斯惡已；皆知善之為善，斯不善已」（老子），美是一項生命價值，是生活上一種積極主動的態度。

那麼，如何才能把生命依持的價值具體化呢？誠如前述生命美學的歸納中，人類特有的記號在於知識的獲得，也在於是非的判斷，更是心靈愛心的抒發，在同理心的演化中，要達到生命價值的高度，必須掌握人性的幾項特質，方可盱衡全局。

・創意

「創意」這名詞是當下流行用語，具有動詞與希望，是改變當前奢靡浮華機會的新思考。但創意不等於藝術創意，而是具備無限的機能，在人為的力量上，將人性光輝與能量推演，匯成一股生命美學的力量。具有創意的人必具有正確而豐富的想像力，方能造就全新的生命，使趨向健康、快樂。想像力不是幻想或亂想，而是設想與創造，把醜變為美的，不好的變為好的。好比頹廢的城市改變成生氣蓬勃的都會，陰暗的角落變成鮮麗的街坊，這是藝術的行動，也是想像力發揮的功用，愛因斯坦說：「想像力的力量比知識更加巨大」；藝術美就靠想像力建造，當然基本能力要來自知識的充實，想像力才能更豐富、更偉大。在此，我們提出藝術家之於社會文化的貢獻，不僅可提供人類共同的精神力量或文明經驗，而宗教家，或許也在心靈的積澱上有更巨大的收穫。想像力給人類社會生活的美感，正乃生活藝術的展現。

・發現

「發現」是藝術創作的過程，是一種探究真相的力量，也是生命成長的光源。它在未知與已知之間，有很多的驗證，例如人的身體比例，或人的觀念與看法，會隨著年齡、地區而有不同的認知。其中在審美的條件上，究竟是嚴肅、保守，還是健康、開朗、使人愉悅，或者說「善的原則，就是美的條件」，中國人或西方人，都採取同樣看法嗎？

對於神祕不解的問題，或主觀意念上的客體、事實，都需要被探索與發掘，真實才能呈現，也才有被發現的快感。生活現實中，考古學家之所以不畏辛苦一路走下去，就是在工作過程裡有更貼切事實的期待，可加強人類知識的增進，那是愉快的，也是興奮的；又或者說版畫家，其製版印製前的辛苦，便是帶來印製後的喜悅期待之所在。

生命是什麼？不僅要活著，更期待停止呼吸後的生命，有更大更廣的著落處。這就是人類之所以不斷探索、不斷辛苦工作的動力。生命長短在生理、更在心靈，也在歷史時空的期待，那些哲學家、文學家、宗教家、藝術家的生命光輝即源於此。

・行動

「行動」是生命的跡象，其價值在於目標的確立。人生可以有很多不同的目標，利己利人、服務桑梓是目標；立言、立德、立功也是目標。那麼，諸多社會價值選項的行動，是人生的重大學習。因為有了較健全的知識，才能判斷行為的種種，「好好充實內在，空袋子是站不起來的」[50]，充實的過程，可能就是人生，就是生命流動的美感，當人在社會生活起落時，除了充實自己之外，如何採取有效的活動，是必要的設計。至少，他不只要活著，要活得精彩，便要有積極的行動。包括愛因斯坦在內的世界偉人，他們奮鬥一生，為的就是生存價值的追求，除了減低個人的慾望之外，更強調社會責任，他說：「一個人的價值，應該看他貢獻什麼，而不應當看他取得什麼？」又說：「人只有獻身於社會，才能找出那短暫而有風險的生命之意義。」

生命長短不只指生理運作，生命的意義在貢獻有益社會的事物，乃求心靈志業的延伸。不論是「留取丹心照汗青」，或是「千古傳誦」，以有限的生理生命，達到綿長的精神生命，或許這就是人生追求的價值所在。當然在價值彰顯，導入藝術創作，是最直接而真切的文化活動。

文化活動中，以藝術創作的呈現最為具體，人類因學習、改造、發掘的心思，必然是前進與活躍的，正如前述朝向價值目的前進。在這項有力的行動中，「我們能夠用千百種方式，沿著我們的感覺、知覺、記憶和觀念，追溯慾望之選擇和造形的活動」（威爾・杜蘭），是以生活藝術的重心，也是人與人之間的心靈感通，社會發展的活力。

探索生命的真實

生命的意義，很多事物並不全然可以說得明白，不論生物在演化過程如何具有科學性或社會性，生命的價值，就人類來說，是項永遠要探索下去的課題。即便宗教的解釋更為神祕而幽遠，以生命美學作為基點來深入探索的好奇心，則是藝術家應積極參與的活動。

它的關鍵，在於美學的詮釋，就生命的意義，有新興的動機，與發掘真相的情趣。而美學的觀點，是造形藝術，還是心靈藝術，或者說是精神文明？面對這些問題，各家都有主觀的解釋，而本文要說的是「生命」的真相，來自自然界的孕育，與其它生物一樣，生命是活著的細胞分裂，達到成熟時，它開始有了衍生下一代的本能。為了繁衍下一代，便有慾望，也開始了「私己」的直接目標，凡生物本能皆然。

但同為生物的人類，卻懂得進一步追索，除了「生之慾」之外，還有更繁複的慾望在驅使更多的活動，也因為人有知識、記憶、經驗，必然會在慾望中選擇對自己有益的工程建設。這種「益」處，並不是只對自己有「利」而是對他人亦同樣適用，因為人是群性活動的整體，

50語出班傑明．富蘭克林（Benjamin Franklin, 1706-1790），美國建國時期重要政治家、科學家。

他的思慮必須更為深遠、更有秩序，才能在生命的維護下，得到更為豐富的資源與利益。

但人真的太複雜了，人對生命的尊重，有時候輕於鴻毛，有時卻又有重於泰山的執著。人的生命是否有意義，是在學習與活動中被釐定，所以才有各項精神性的心靈活動，希望在某一項活動中，得到生命的寧靜，或被鼓舞。

這需求不斷的探索、尋覓，人類應用知識、記憶與理想，試圖探求生命流動的美感，包括名譽、權利、品格與創作的呈現，尤其提昇精神生命，是在有限物質生命中引發的活動，因為精神與心靈，就是文化的延伸，是無限生命的開端，比物質的擁有更為直接且別具意義。

生命美感，存在於人類行動中，不論是屬於探求真相的驚喜，或是想像力的發揮，生命在不斷演化中得到強壯、讚美、依賴或期待，這就是美感，也是人生無限美好的開始。生命美學在於人性的整體，而有更高的情操、品德與智慧來判斷自己的行為是正確的、高尚的。因為那是人性的喜怒哀樂、棄暗就明，就是在世俗中、傳習中、歷史中、社會中的動力，也是價值目標的工程——美學引力。我們相信這一真實。

後記

對於從事藝術創作的工作者，有關作品表現的美感元素是不遺餘力的。

雖然美感層次與人為修煉息息相關，但它存在主觀判斷，對於客體形意的創作，因見解互異而被視為可以研發的課題，並於藝術品形質表現感應藝術美的實相。

從事繪畫工作已逾五十年，除了水墨創作外，也想在繪畫之餘，能深切對於美感有所體悟、感想。因此，常常不經意寫出自己所見所感的繪畫元素——美感，談及文化、歷史與繪畫本質所探索生命的價值與意義。或許有些想法顯得霧紗朦朧狀，以及遠程渺渺看不到美感明亮處，但童子初心的真實，使這些文字有更多可以調整的機制。

暫時停筆，因為「美感」因時、因地、因人而變易，隨時有新看法與新立場，都因為它如空氣之於人類生命的需要。美感是理想、也是情思展現，我將繼續與之相處。

本書得到漢寶德、陳冲、黃碧端諸先生的宏文為序，並承聯經林載爵先生支持出版，加上同仁的協助，在此一併致謝。謝謝大家！

黃光男　筆　一〇二年九月